J O Y

享受讀一本好小說的樂趣

既晴

修羅火

The Flame of Syura

contents

楔子

Prologue

再過一週，八月就結束了。大學時代的最後一個暑假，也即將跟著結束。

彭奕青一面把租來的摩托車停靠在狹窄的柏油路邊，一面伸展著襯衫下的雙肩，讓發汗的背脊脫離濡濕而黏滯的內衣，爭取一點透風的空隙。

蘭嶼的夏季，此時的熾熱已經達到令人無法忍受的程度。

從台東豐年機場出發，抵達蘭嶼是將近一個月以前的事。一下飛機，在紅頭村租了機車，便開始了一遍又一遍的環島繞行。一圈用不到一小時。每天看到的，都是同樣的景色。彭奕青不禁自問，這麼做究竟可以得到什麼？

在他眼前不遠處，佇立著一個女孩的纖纖身影。她背對他，在無人的石岸邊信步著，以雙手輕扶著淺黃色的大草帽。因為陽光的連日曝曬，在記憶中原本白皙賽雪的手臂，全然通紅。

葉巧霖——那是他總會不自覺喚出的名字，屬於這個女孩。

彭奕青無聲地嘆了一口氣，將機車鑰匙收進背包裡，朝葉巧霖走去。

葉巧霖察覺到他跟過來，只是偏了頭抿抿嘴，沒有說話。彭奕青心裡明白，他們之間已經從無話不談，進展到無話可說了。

究竟是第幾次停留在這裡了呢？彭奕青早就不想去計算。這個景點叫做『龍頭岩』，位於蘭嶼島最南端『望南角』附近，突兀獨立的岩礁，形狀崢嶸奇拔，在夕陽下景致尤其壯麗。只是，接近正午的此刻，烏黑的岩塊一點也不像龍頭，倒像一團幾乎燃盡的焦炭。

儘管觀光季節尚未完全結束，龍頭岩卻很稀奇地沒有其他遊客。葉巧霖只要一看到周圍有遊客，就會立刻心急如焚地催促他停車，確認一下遊客的長相。

這種行為，幾乎成了偏執狂！

特別是在剛來蘭嶼的那幾天，來參觀雅美族飛魚祭的人潮還沒有散去，見到大批遊客的葉巧霖簡直精神錯亂，到處拉扯從身旁經過的陌生人，逼得彭奕青不得不疾言厲色，威脅要立刻帶她離開蘭嶼，永遠不會再來，她才把情緒壓抑住。

為什麼會變成這樣？

自從對葉巧霖一見鍾情之後，彭奕青充滿自信的理性世界就此崩塌。真不該在那次期中考之後，被同學慫恿去參加什麼聯誼的。從桃園到台北，每天騎摩托車來來回回，總是希望能夠見到她，表達他內心樸拙但熾熱的情感。

但她卻是冰山。

即便在聯誼活動的團體遊戲時間，葉巧霖給彭奕青的第一印象也是疏離、甚至帶點冷漠的。她好像能擺脫一般人輾轉反側的愛恨嗔癡，遠遠觀察、默默心領神會，並且保持安全距離。

或許就是這般與眾不同的姿態，才牢牢地攫住彭奕青的目光。他想要知道，這個女孩的內心究竟潛藏了怎樣的情感？她會因何而喜、因何而憂？對彭奕青而言，葉巧霖的存在，徹底地挑戰了他的理性認知——他甚至訝異於自己逸脫秩序的言行舉止。

就讀化工系、成績優異的他，卻無法定義發生在自己身上的化學變化。

他學會悵然失落、學會止痛療傷、學會苦中作樂……這一切，都是葉巧霖教他的。

甚而，彭奕青也在不知不覺中，學會了跟蹤葉巧霖。

因為，正面交鋒永遠得不到答案。

就這樣，彭奕青很快地得到他想要的真相，並陷入了痛楚更劇的深淵。

某次，葉巧霖曾經跟彭奕青借了化工系的原文教科書。當時他一度以為，這表示她對他的世界產生了興趣。沒想到，在跟蹤她一段時間之後，他得到了一個令人沮喪至極的真相。

葉巧霖終究不是冰山。她跟一般的女大學生一樣，擁有尋常的喜怒哀樂。只不過，並不是對他。事實上，她有一個秘密交往的男朋友，名叫安太爾．馬哈達什。

那本教科書，似乎就是馬哈達什對化工產生興趣，葉巧霖才跟他借的！

安太爾．馬哈達什……這是什麼怪名字！每思及此，彭奕青就忍不住在心底咒罵。這個馬哈達什，是個混血兒，葉巧霖的同班同學，據說來自中東地區，母親是台灣人，父親則是阿拉伯聯合公國的某個王族，而他是家中最小的兒子，兩年前來到台灣攻讀經濟。

在台灣確實有很多來自異國的僑生。來到這裡，並且在這裡談戀愛，也是正常不過的事——彭奕青想如此說服自己。

尤其看到葉巧霖面對外國男友時的溫柔與專注，比較面對自己時的淡薄態度，兩者簡直有天壤之別，令彭奕青一度想要放棄。葉巧霖的冷調，彷彿是因為馬哈達什吸乾了她的激情。

但，彭奕青畢竟是個理性的人，並沒有情緒化地慨然離去。

他深知，唯美浪漫的異國戀情，現實中總是難以維繫。馬哈達什終有一天會學成歸國，離開台灣。屆時，他不見得會帶葉巧霖走。

原因很簡單——因為他們『秘密』交往。

亦即，馬哈達什並沒有承認這段關係的意思。換句話說，畢業後他就會走人。彭奕青最後依然有機會。

曾經，彭奕青一度想要站到葉巧霖面前，揭穿馬哈達什的企圖。不過，他知道這樣沒用。葉巧霖定然聽不進去。他選擇了另外一種方式——他表明願當她的好友，不再有其他強求。

以退為進的方法果然奏效。彭奕青立即卸除了葉巧霖的心防。她的心湖，彷彿一座鬱抑的水壩，閘門一旦開啟，他便立即感受到她豐沛、激烈的情感。如他所『願』。

這並非毫無代價。彭奕青必須忽略內心的矛盾，貌似感同身受地傾聽葉巧霖訴說她跟馬哈達什的愛戀與哀傷、甜蜜與苦澀，以及虛幻的未來。

這種表裡不一的日子經過半年多，彭奕青幾乎已撐不下去——他不斷怪罪自己不夠理性。然而，一件突發事件改變了他們的關係。

馬哈達什突然失蹤了！

沒有任何徵兆、沒有留下任何線索。彷彿他的存在從來就是一場夢境，或是在連續的時空中出現了一個令物質平空消失的異常斷面。

彭奕青雖料想馬哈達什總有離開的一天，但以如此遽然的方式仍令他意外。可想而知，葉巧霖的感情世界隨即碎裂瓦解。

更令人意外的是，在警方調查這件失蹤案的過程中，披露了一項事實：例如，馬哈達什根本就不是王子，而是移居海外的台商，跟當地情婦所生的小孩。

可是，彭奕青沒有因為此事的曝光而高興。因為，一直到警方與媒體對馬哈達什不再關心，葉巧霖依然相信馬哈達什，並且為他找了許多圓謊的理由。

彭奕青開始不安。他所愛的女孩，對她男友的愛，顯然遠遠超過他的想像。

就在這個其他人都去參加畢業旅行的暑假，彭奕青應允了葉巧霖的要求，兩人一起去旅行，溯查馬哈達什在言談間曾經提及之處。

只因為葉巧霖相信馬哈達什並未失蹤。

儘管彭奕青厭惡旅行的目的，但他知道至少可以跟葉巧霖肩並肩走在一起了。去過幾個地方，他們的最後一站是蘭嶼。

馬哈達什自稱經常一個人到這裡來觀察自然、放逐自我，是他的興趣。

蘭嶼的自然環境確實豐富。珊瑚礁、海岸次生林、熱帶雨林、海蝕崖、海蝕洞、天池等各種天然景觀，動、植物方面也有罕見的羅漢松、果實蝙蝠、椰子蟹、鳩鳥以及蝶類；但相對的，這裡卻也是台電核能廢料儲存庫的所在地，顯見台灣對世外桃源的對待方式。

核能廢料——混合了鈾、鈽以及其他重金屬的放射性同位素，是世界上毒性最強的萬年垃圾。

彭奕青想起馬哈達什曾經借閱的化工教科書。

在談到核能反應的那些章節，有仔細翻閱過的痕跡。

看來，馬哈達什的確十分關心蘭嶼的自然生態？

無論如何，彭奕青厭惡馬哈達什，卻必須守護情緒不穩定的葉巧霖。

希望這段旅程的終點，可以讓葉巧霖對馬哈達什死心，正視他的真情——彭奕青凝望著彎腰伸手碰觸著石岸稜角、恍然出神的她。

『請問……』彭奕青身後的陌生女聲，引他回頭。

在他的眼前，是一對揹著登山背包、穿著便裝長靴的年輕男女。男子的胸前還掛著一副望遠鏡，令他不舒服地想起馬哈達什來這裡的裝扮。

在這對男女的身後，原本路邊停靠著的摩托車只有自己的這一輛，現在又多了一輛。

『有什麼事嗎？』

『那個女孩，』女子的年齡看似不到三十，身材嬌小，不過膚色倒是透露出她經常上山下海的健康神采。『我們好像在哪裡看過……』

沒錯。馬哈達什失蹤的初時，葉巧霖曾經遭受新聞媒體的轟炸。

但是在沒弄清楚這對男女的目的前，彭奕青不準備答腔。

男子好像察覺到同伴問話的方式不太適當，便插話：『先跟你說聲抱歉。老實講，我們跟了你們一陣子。因為我老婆一直不確定她有沒有看錯人。』

彭奕青不自覺眼睛睜大。

『我跟我老婆常到蘭嶼來，在這裡結識了一位從中東來的朋友。』男子的年紀略長於女子，聲音低沉，『他也喜歡賞鳥，來蘭嶼以前都會打電話給我，問我要不要同行。

『原本我以為，他只是一位單純的賞鳥同好。但是，在我們最後一次見到他的時候……』

『那是什麼時候？』

『大概是四個月前的事了。』男子回答。彭奕青內心忖度，那正是馬哈達什失蹤的時間！

『四月二十二日，』女子提醒她的男伴，『那天剛好是我哥的生日。』

果真如此……馬哈達什是期中考結束後失蹤的！

也就是說，他離開學校後，曾經來過蘭嶼！

男子似乎沒有注意到彭奕青細微的表情變化。『他突然告訴我們，以後不能再來蘭嶼了。我猜想他是準備回國，但他沒說原因。然後，他請我們幫忙一件事，還把他女友的照片給我們看。今天上午，我老婆看到你們，就說那個女孩很像……』

原來這對夫妻，並不是因為看到電視新聞才認出葉巧霖的。彭奕青從語氣中判斷，他們甚至根本不曉得馬哈達什失蹤的事情。

『所以我們想知道，那個女孩是不是有個中東的朋友？』

『有，而且的確是突然回國了……』為了得到更多資訊，彭奕青暫且說了謊話。『他請你們幫什麼忙？』

『他說，如果照片上的女孩來找他，請務必交給她一封信。』

女子從背包裡找出一個信封，遞向她丈夫。男子確認一下，隨即給了彭奕青。

信封的邊緣有些皺摺，上面以原子筆寫著幾個線條扭曲的字體。

——『安太爾給巧霖』。

真的是馬哈達什的信！他的字非常好認，確實就是他的信！

『自從收到這封信以後，就一直放在我們的登山包裡沒有拿出來。我們幾乎完全忘了這件事，直到這兩天我老婆在這裡看到那個女孩好幾次，才終於又想起來。

『老實講，我們從來沒有幫過這種保管信件的忙。那位中東朋友有信為什麼不直接交給她，我們也不知道原因，大概有什麼難言之隱吧。總之，如果他們真的是朋友，信能夠交到她手上，那是最好不過的了。』

彭奕青欲振乏力地點點頭。

『看起來……她的心情不太好的樣子，』女子說，『所以我們想，如果直接把信給她，恐怕不太妥當。你可以幫我們把信給她嗎？』

彭奕青懂了。

這對夫妻也明白中東的朋友跟那位女孩是情侶，只是含蓄地不想說破。

『謝謝你們。』彭奕青不自覺捏緊信封，『我會在適當的時機交給她的。』

『那麼……再見了，以後還是希望有機會能在蘭嶼見面。』這對男女略微點頭，回身往摩托車停靠處走去。未久，就驅車遠離了。

這對夫妻縱使稱馬哈達什是朋友，終究掩飾不了素昧平生的關係。這種委託，想必讓他們感覺十分勉強，能夠在四個月後偶然順利完成，只能叫做巧合中的巧合。

現場又回到只有風聲與浪聲的狀態。而葉巧霖，仍舊背對著他，宛如一座美麗、靜止的雕像，她甚至沒有察覺到方才的對話。

彭奕青注視著手上這個信封。或許，這裡面藏有馬哈達什失蹤的真相。

如果信中寫了什麼，讓葉巧霖陷入更憂鬱的狀態，彭奕青絕對不會允許；倘若裡面有馬哈達什的聯絡方式，彭奕青更將無法容忍。

他必須先看過信，再決定要不要把它交給葉巧霖。

這次，完全是為了自己的幸福。

信件的封口黏得十分牢靠。不過，如果彭奕青真的想偷看，事後換個全新的信封，葉巧霖也絕不會知道。

在心魔的誘使下，彭奕青決然撕開了信封，模樣彷彿在撕開自己的信。

展開其中唯一的單張信紙，上頭的字也只有寥寥幾行。

然而，他卻讀到令人全身戰慄的內容！

巧霖：

很對不起。我必須離開妳。

當妳讀完這封信以後，請不要再繼續找我了。

我騙了妳。我不是阿拉伯人，而是伊朗人。其次，我來台灣不是為了求學，而是為了某個神聖的目的。

我必須為這個神聖的目的奮戰，甚至犧牲性命。

但是請妳相信我，我真的很愛妳。

即使在無法再見面的未來，我也深愛妳，這是永遠都不會改變的事。

最後，我還有一個懇求。

今年的十月十九日，請妳絕對不要留在台北市，千萬連一步都不要靠近！

那一天，台北市將會發生某件事，某件對妳來說非常可怕的事！

我沒有辦法更詳細地說明原因，可是請妳務必答應我。

永別了！

安太爾

霎時，彭奕青明白了失蹤案的真相！

馬哈達什來到蘭嶼，根本不是為了生態觀察，而是為了台電核廢料場裡的鈽元素。核能發電廠所產生的核廢料，經過再生處理後可以生成高純度的鈽，而那是製造核彈的最佳選擇。

這才是他借閱化工教科書、仔細閱讀有關核能反應的那些章節的真正原因！

彭奕青早該料想到的。馬哈達什來自中東——伊朗與阿拉伯，是完全不同的世界。那裡充滿了永不停歇的戰爭與殺伐，恐怖攻擊對他們而言，絕非血腥的慘劇，正是神聖的戰役。馬哈達什過去在中束的一切，完全是一大片不得而知的空白。

所以，馬哈達什才必須時時保持神秘，甚至偽稱貴族，因為他是恐怖分子。

他來台灣並不是為了獲得大學文憑，而是為了進行恐怖攻擊行動。

今年的十月十九日，就是他準備引爆核彈的日子！

『怎麼了？』

抬頭定睛，彭奕青驚覺葉巧霖已經站到他的眼前來，以探詢的目光望著。

『……沒事啊。』

『那是什麼？』葉巧霖見到了信封上熟悉的字跡，像閃電掠過般動了容，用力奪走彭奕青手上的信紙，令他措手不及。『這是……這是……』

看著葉巧霖顫抖的雙唇，就在這一刻，彭奕青找到了謎底的最後一塊拼圖。

——為什麼馬哈達什沒有將這封信，親手交給葉巧霖，而要託付給毫無關係的他人？

並非因為來不及給。

至少他可以利用郵寄的方式交給葉巧霖。

答案是，如果葉巧霖愛馬哈達什愛得不夠深，她就不會在暑假期間，非得到蘭嶼來找他，還逗留這麼長的時間；那麼，她絕對不可能偶然遇到這對年輕的生態迷大妻；所以，她將沒有機會讀到這封暗示了恐怖攻擊的『預告信』。

最後，不知情的葉巧霖會因為待在台北市，被馬哈達什設置的核彈炸死！

——如果不夠愛他，那麼就會死！

因此，這不是什麼巧合中的巧合，而是馬哈達什對葉巧霖的愛情測試！

『我不明白……為什麼安太爾要離開我……』葉巧霖泫然欲泣。

——可是，這項突如其來、直擊腦門的恐怖猜測，真實性究竟有多高？

彭奕青想向她解釋，喉嚨卻無法出聲。

第一章

不對稱戰爭

Asymmetric Warfare

故兵以詐立，以利動，以分合為變者也，
故其疾如風，其徐如林，侵掠如火，不動如山，難知如陰，動如雷霆。

——孫武《孫子兵法》

1

『首先，準備好五百萬的現鈔，全部要不連號的千元舊鈔，不要新鈔。將五百萬現鈔放在手提皮包裡。裝錢的手提包必須耐摔、能夠牢牢鎖緊。在本週一以前，這些事必須全部完成。

『另外，請你找一位朋友來協助你送錢。不要你親自送。這位朋友不能是警察，我們在警界有眼線，你報了警，你兒子就不能回家。還有，那位漂亮的女老師，她也必須一起跟去送錢。

『這個禮拜二上午，我會再聯絡你。只要依照我的指示，你很快就能見到自己的兒子。』

流線外型的手提音響，傳出電話掛斷後單調的嘟嘟聲。

在這個裝飾典雅的客廳裡，暫時陷入沉默。

年近半百的石守賢，平靜地按下音響上的停止鍵，神態似乎十分穩定。

『……怎麼想到要錄音？』我問。

『我在工作的場合，也遇過類似的事。』石守賢慘然苦笑，『有一次，銀行總行辦公室裡接到一通電話，說已經在我們的分行裝了炸彈。如果不把一千萬美金匯到某個國外帳戶去，他就會立刻引爆炸彈。』

『後來呢？』

『在總行的理財貴賓室，剛好有位退休的警察局長，他立刻聯絡以前的部屬，追蹤電話來源抓到了這名恐嚇犯。當時依那位退休警長的建議錄了音，剛好成為比對聲紋的證據。』

『不過，我在社會新聞上沒有看過這則報導。』

『那是我還在美國工作的事。』

我點點頭，『但是，這次你服從了綁匪的命令，沒有通知警方。』

『工作跟家庭，完全是兩回事……』

石守賢語畢，讓身體投入鬆軟的沙發裡，讓我感覺他瞬間失去心魂。他的抗壓性是強，但恐怕還不到刀槍不入的地步。

『石先生，你提到了在美國的經驗，給我一個啟示。』

『什麼啟示？』

『使用銀行帳戶匯款，確實是最有效率的方式。』我回答，『但是，為什麼綁架你兒子的人不這麼做？』

『說不定，』石守賢的眉間挑動，『綁匪不想留下帳戶資料，日後被警方追蹤。』

『這確實是一種可能性，不過在台灣要開個人頭帳戶並不困難。』

『那麼，張先生。』石守賢上身前傾，『你有什麼看法？』

『我想再問你一個問題。五百萬對你來說，應該不是一個無法負擔的數字吧？』

石守賢沉默半晌，『……確實不是。』

『綁架一個銀行高級主管的小孩，只要求五百萬贖金似乎是太少了。一般綁匪都會獅子大開口才對。也許，綁匪是一個對你非常瞭解的人，目的也不是為了錢。』

我的話似乎令石守賢感覺意外。

『那麼是為了什麼？』

『例如，為了把你留在家裡，逼你這段時間無法工作。』

『我沒辦法去想這種事……』石守賢的表情僵硬，『只要我兒子可以回得來！』

我決定不再多說什麼。若是把我的猜想全盤揭露，石守賢可能會無法承受。沒錯，對肉票的家屬而言，肉票能夠平安就足夠了。綁匪的目的根本不是重點。

只是恐怕事情沒那麼簡單。既然錢不是重點，那麼肉票本身就會成為重點。假使有個人出於純粹的怨恨，想要讓石守賢痛苦萬分，那麼即便錢拿到手，依然可能會撕票。

畢竟，贖款金額太低，是最大的疑點。

我靜默地離開沙發，站起身來，環顧客廳。正前方的電視櫃上，有一架大尺寸液晶電視。旁邊的烏黑色的電視遊樂器，以及一捆凌亂的連接線路。看起來正在等待著石守賢的兒子——石克直，放學回家來啟動它。

液晶電視上方有個長形的琉璃櫃，裡頭擺了幾張石克直的照片。其實，我不曾見過石克直，儘管我跟他曾經是相當熟稔的朋友——

在兩年前，台北市曾經發生一樁網路殺人魔的連續焚屍案。那時我偶然地涉入此案，為了查明真相，曾經在網路遊戲『人狼城Online』的虛擬世界中查案，只為了找出代稱『火象星座』的兇手。

石克直就是當時在『人狼城Online』協助我尋人的網友，代稱『流瀑』。一直到破案之後，我們仍然從未謀面。只有一次是為了瞭解關鍵線索，石守賢代替了還在學校上課的兒子，跟我吃過一頓午餐。

事隔兩年，石守賢突然打電話找我，而且是為了『流瀑』遭人綁架的事，多少令我意外。

在我所屬的徵信社，老闆廖叔有一項耳提面命的辦案原則——絕對不碰涉及刑案的委託。他喜歡輕鬆賺錢。

只不過，這項辦案原則對我的意義，就是用來打破的吧。

無論有意無意，我經常遊走在『具有強烈的刑案色彩』的事件中。有時候為了查些自己喜歡的案件，我甚至得編些小謊讓廖叔在委託合約上簽名。

但，這次不同。石守賢找我來，不是想抓到綁匪，而是要我運送贖款。無論如何，這都不是遊走，而是完全違反廖叔的原則。

所以我沒有辦法接受石守賢的委託，而是以一個朋友的身分來協助他。

『流瀑』石克直曾經幫過我。我希望我也能幫他一次！

至於廖叔那邊，只好在心底跟他道歉啦。

就在沉默的思索之中，從玄關傳來了清脆的電鈴聲，喚回了我對現實的注意力。

『我去開門。』

石守賢欠欠身子，經過我身邊走到玄關去。光是等待，他似乎也用盡了全身的力氣。

未久，客廳多出了一個人，也令我頓生錯覺——有了她，才是一個美好的小家庭。

『我買了牛肉便當回來。吃飽一點才有精神哦。』

這句安慰的話，只換來石守賢一聲強作鎮定的嘆息。

說話的人，心情似乎也沒好到哪去。

她，就是綁匪在電話中提到的『漂亮女老師』，也是石克直的補習班導師方嘉荷。同時，她更是這樁案件的關鍵人物。

因為，方嘉荷是綁架案的唯一目擊者！

2

沒錯。方嘉荷是我擔心的事情之中，最擔心的一件。

『張先生，』方嘉荷的年紀大我沒幾歲，態度就像個喜歡到處幫人操心的大姊。『便當趁熱吃，我還買了綠豆湯跟飲料。對了，筷子在這裡……』

『謝謝。方老師，妳也吃吧。』

因為，方嘉荷目睹了整件綁架案的始末。假使綁匪非常重視自己的安全，是不是有可能對她下手呢？

更何況，綁匪還要求她跟著我一起去運送贖款。這簡直就是將她暴露在危機之下。

我唯一能做的，就是設法保護方嘉荷，而且，也不能讓他們知道我在擔心什麼。

方嘉荷幫我和石守賢把便當打開，在客廳的矮桌忙東忙西。她似乎想藉著這些小動作來忘懷連日來的擔憂。

便當一打開就聞到熱氣蒸騰的香味。時間已近中午，確實不能不吃點東西。

然而，以蕭邦的〈離別曲〉為主旋律的和弦鈴聲，在此時遽然響起！

這突如其來的樂聲，彷彿令客廳裡的一切都凝結了。

滑蓋式的手機閃耀著藍光，石守賢立刻確認手提音響與手機已經接好連線，先按下錄音鍵，然後才接通手機。

這支手機，是石克直被綁後，綁匪以宅配方式寄到石家來的，用來下達交付贖款的指令。

手機使用了易付卡，綁匪的來電號碼也設為隱藏，再加上沒有警方的協助，只能用來接聽綁匪的指令。

『石守賢。』綁匪的聲音雖然有點模糊，仍然可以感覺到對方的勢在必得，『五百萬的現鈔準備好了嗎？』

『準備好了。』

『替你帶五百萬過來的朋友在嗎？』聲音真是冷酷得可怕。

『我是。』我回答。

『叫什麼名字？』

『我姓張。』

聲音似乎嗤笑了一下，『我要知道你的全名。』

『張鈞見。』若以談判技巧而言，稱呼對方全名、要對方說出真實姓名，綁匪都可以製造一種『掌控全局』的壓迫氣勢。不過，我早就習慣這種把戲了。『你呢？我該怎麼稱呼你？你也有全名嗎？』

『你沒有知道的資格。』綁匪毫不在意我的反制，繼續問，『漂亮的女老師在嗎？』

『我在這裡！』

也許是首次與綁匪對話，方嘉荷的語氣顫抖得很厲害。

『真希望快點再見妳一面啊。』綁匪說完又大笑了幾聲。

方嘉荷咬緊下唇，沒有再回答。

『張鈞見，現在的時間是上午十一點五十四分。我給你半個小時的時間，帶著五百萬到復興南路的「微風廣場」。你只能搭乘捷運，不能搭計程車。』

『知道了。然後呢？』

『半個小時以後，我會再打電話，給你進一步的指示。』

說完，綁匪立刻掛了電話。簡直不給我任何拖延轉圜的時間。

石守賢停止錄音，將桌底的手提包放到桌上來，打開手提包，確認最後一次贖款。

雖然是舊鈔，但提領的銀行仍然將這些千元鈔票以紙帶捆好。皮包內部都是紫藍色，看起來相當刺眼。

『張先生，拜託你了。』石守賢慎重地以雙手將皮包交給我。

我點點頭，收下手提包。『那麼，午餐等我們都回來了，再一起吃。』

『當然。』

『方老師，我們走吧。』我轉向她，問：『最近的捷運站是景美站吧？』

『嗯。』

我記得，微風廣場位於忠孝復興站與南京東路站之間，如果從景美站出發，得先坐到台北車站，再轉搭板南線到忠孝復興站，最後沿著復興南路往北走一段路就可以抵達。

這樣的距離，三十分鐘不多不少。

不過，為何綁匪要求我們非搭捷運不可？

有很高的可能性是，綁匪在某處監視著我們的行動，他需要公共場所來做掩護。我們若是搭乘計程車，也許會注意到後方跟蹤的車輛。

可是，這麼做其實沒有意義。因為我們的目的地非常明確，搭什麼車去並不重要。

搭乘計程車的話，比較省時間。難道說綁匪不希望早點取得贖款嗎？由於需要更多的線索，所以我決定暫時把這個疑點擱在心裡。

綁匪給的時間剛剛好，我們必須立刻出發。

我們帶著皮包與手機，辭別了表情凝重的石守賢。一直到進入捷運車廂之前，我跟頻頻看錶的方嘉荷，幾乎沒有交談。捷運站裡的乘客比我們想像中多，但我沒有發現誰在注意我們。

『……克直的事，我真的很自責。』

捷運列車啟動之後，行進的噪音掩蓋了方嘉荷的說話聲，使我不得不靠近她一些。

『那一天，到底發生了什麼事？』我問。

方嘉荷低垂著頭，我是第一次以這麼接近的距離看她的臉。雖然據說已經三十歲，但方嘉荷的眉目之間似乎有一種總是願意相信別人的天真與寬容——甚至，可以用慈眉善目來形容。綁匪說她是個『漂亮的女老師』，這樣的描述，雖然簡約倒也貼切。

『那是一個禮拜前的晚上……』方嘉荷吞吞吐吐的語氣，像是充滿罪惡感。『補習班上完課以前，櫃台來了一位客人，說是石先生的朋友，要來接克直下課回家。

『平常，如果石先生弄錯克直的下課時間，沒來接，我會幫忙送他回家。所以，見到一位這樣的客人，我多少感覺有點奇怪——因為石先生事先並沒有告訴過我，他會找朋友來接克直。

『那人來了以後，不但主動遞名片，還跟我談到克直的學習狀況。他是真的很瞭解，像是石先生的好友。就是因為這樣，我才會漸漸對那人失去戒心。』

方嘉荷一定是希望找個人把這些事說出來，才能夠減輕她心中的負擔吧。

我想，她是很需要一位安靜、專注的傾聽者。

『談了大約二十幾分鐘，克直從教室出來了。』方嘉荷望著車廂漆黑的窗外，『那人很和善地跟他打招呼，我真的以為他是石先生的朋友……我沒有……我沒有看出，當時克直好像因為那幾天月考成績退步，所以心情不太好……

『張先生，你知道嗎？克直愛賭氣。石先生不希望他太常打電動，他就偏要玩到三更半夜。那孩子其實很在乎爸爸的看法。所以，他以為石先生是因為看到他成績退步，才不願意親自來，找了一個不認識的朋友來接送。

『就是這樣，克直才會對我說：「沒錯啊，他是爸的好朋友。」而且，原本我是想跟他們一起走的。但，克直好像知道我最近有點感冒，還告訴我：「老師，妳先回家休息吧。我已經長大了，可以自己照顧自己。」當時我確實吃過感冒藥，腦袋很昏沉……所以……所以……』

我沒有出聲，只是略微側身遮住方嘉荷，不讓她被車上乘客看到她在掉眼淚。

如前所述，石守賢在當天深夜回家時，收到綁匪寄來的手機。方嘉荷接到他的電話，終於發現自己被騙了。

石守賢告訴過我，他並沒有怪她。他知道她很關心他的兒子。

很快地，捷運抵達台北車站。出了車廂，我們並肩走在人潮洶湧的站內樓層，方嘉荷才漸漸收起眼淚，重新振作了精神。

『妳很喜歡石先生？』搭乘電扶梯時，我突然問。

方嘉荷立刻偏過頭去，不讓我看到她的表情。『……哪有人這樣問的啊！』

『抱歉，我說話比較不懂得修飾。』

『我……我只是覺得……』方嘉荷又開始吞吞吐吐起來，不過這回不是因為罪惡感。『石先生是一個寂寞的人。他很努力地工作，很關心克直的未來，想要當一個好父親，他從來不是為自己。但是……沒有人瞭解他的用心，也沒有人願意在身邊支持他。』

我還記得，初次石守賢與我進餐時，曾經談了許多石克直的事。

的確，他是想當個好父親。

『……我希望，可以支持他。』

『等克直回來以後，你們就可以好好地一起吃飯了，』我安慰她，『到時候，我不會留下來當電燈泡的。』

『哎喲！不要說這個了啦！』

『其實啊，石先生曾經跟我說過關於妳的事。』

『……真的嗎？』

『不過什麼？』

『他說他不擅長表達，不過……』

『不過，妳能夠陪在他身邊，幫他照顧克直，讓他感覺很安心。』

『他說他已經找好一家很不錯的餐廳，安安靜靜的，妳一定會喜歡。』

『是嗎？』

方嘉荷沉默了。我依然看不見她的臉。

無論如何，我希望她聽完我的話，心情可以舒服一點。

其實，石守賢並沒有說過那些話。我甚至不清楚他對方嘉荷的感覺為何。一個單身父親——沒記錯的話，他的前妻現居美國——的戀愛，到底該怎麼談，不是我這個未婚男子所能想像的。但是，關於愛情本身，我完全可以瞭解。

石守賢讓方嘉荷接送他的孩子，這也是一種表達愛的方式。

在這種情況下，讓我撒點小謊應該也無所謂吧？有人認為謊言百害而無一利，但我知道謊言唯一的益處。

進入板南線前往昆陽站的列車，聆聽規律、稍嫌急促的蜂鳴聲，車門跟著關閉。

終點站，忠孝復興。

我們即將抵達交付贖款的現場！

3

我跟方嘉荷出了忠孝復興站，從地下一樓的出口進入ＳＯＧＯ地下一樓商場。

經過這個地方，我的心底湧起許多回憶。五年前，我才剛成為徵信社內可以獨立調查的偵查員不久，那年初秋，發生了重創台北的納莉颱風。

當時還沒有這條通道，但現在它的存在已經成為背景般的自然了。

我們走出ＳＯＧＯ後門，沿著大安路往北走。這一區群聚了許多美食小吃店，路上有許多上班族正準備解決午餐問題。我們行色匆匆的模樣，跟其他人並無差異。

通過市民大道的紅綠燈，就是微風廣場的活動廣場。

活動廣場似乎在準備週年慶，幾個工人正在搭建舞台，場地上甚至還有像是廣告熱氣球的巨大道具。方嘉荷原本緊張的腳步放慢了下來——我們順利地在半個小時內，抵達了目的地。

由於現在是上班時間，所以在百貨公司的，大多是有錢有閒的上流社會人士。也就是徵信社平日賴以維生的客戶。

方嘉荷可能不常來這種地方。從她的表情來觀察，不能稱為排斥，也許應該說，對百貨公司這樣的場所，有一種距離感。

她的衣服，質料十分尋常。我想她是一個節儉的人。

如果不是因為『流瀑』的事，我平常的工作場合很難得遇到這樣的女人。

綁匪並未明說我們必須在微風廣場的哪裡等待，我們於是站在廣場上，看著工人們搭建舞台、測試熱氣球。

『方小姐，那個帶走克直的男人，妳還記得他的長相嗎？』

『記得。』

『妳跟那個男人談過話。我想，跟電話裡的男人不是同一個吧？』

『感覺是……很不一樣的。』

『因此，可以這樣說——綁匪至少有兩個人。』

『嗯。』方嘉荷點點頭，但好像不知道我接下來打算說什麼。

『而且這兩個人，妳也都不認識。』

方嘉荷意外地看了我一眼，『那當然啊！』

『可是，那個帶走克直的男人，對石先生家裡的狀況知之甚詳。』我開始說明，『所以，他們也應該知道妳的姓名。』

『……所以？』

『但是，他們卻叫妳「漂亮的女老師」。跟對待石先生和我的方式完全不同。講電話的男人，很不客氣地叫石先生全名，一聽到我的名字，也直接叫我的全名。』

『這表示什麼意思嗎？』

『這表示，他稱呼妳「漂亮的女老師」，也許正暗示了他認識妳，但卻想要掩飾。更進一步推想，也許他是妳的朋友，聽妳講過石先生跟克直的事，所以才會這麼清楚，並且轉告給那位帶走克直的男人。』

『張先生！你是在暗示，我也是綁架案的參與者嗎？』

聽我這麼說，方嘉荷果然生氣了。

『不是。』我擠出一絲微笑，『我只是想知道，妳身邊有沒有這麼一個人，有表演天分、能夠任意改變說話語氣，讓妳聽不出來的？說不定，他就是這樁綁架案的主謀。』

『喔……張先生，我誤會你了。』方嘉荷有點尷尬，『但是，我的朋友——認識我跟石先生的，並沒有這樣的人。』

『那就表示說，綁匪人數很可能至少有三個人……』

『等等，張先生……為什麼你認為綁匪是我的朋友，而不是石先生的朋友？』

『更重要的理由是，綁匪很清楚補習班的下課時間。』我繼續解釋，『妳曾經說，石先生有時候會忘了克直的下課時間……』

蕭邦的〈離別曲〉，此時突然打斷了我的話。

手機上顯示的時間一分不差，我立刻按下通話鍵。

離開了石家，手機就沒辦法錄音了。

『張鈞見。』

『我在。』

『馬上到微風廣場七樓的國賓影城。不要搭電梯，搭正門進來的第一個手扶梯。』綁匪的聲音依然懾人，規矩一樣很多。『一上七樓，你就會看到有一個區塊正在整修。圍住的夾板牆有一扇門，沒有鎖，你們直接進去，把門鎖起來。給你們七分鐘，時間很夠，你們可以慢慢走，不必引人注意。』

『正門是哪一個門？』

『面對復興南路的大門。』

根本不讓我問第二個問題，電話已經掛斷。

『怎麼樣？』

『我們進微風廣場，他說在七樓。』

方嘉荷聽完，表情又開始變得著急起來，『然後呢？』

『他不讓我們搭電梯。』我一邊領著方嘉荷進入大樓，一邊說：『我們走電扶梯。』

微風廣場內的空調，跟戶外的氣氛完全不同，有一股濃郁的香氣。由於我們進入的大門算是後門，所以必須先走到一樓的最盡頭處。

愈接近綁匪指示的地點，愈是必須留意。我不能走得太急，反而必須冷靜思索——綁匪究竟準備以何種方式取得贖款？

關於整樁綁架案，我尚未理出完整的頭緒時，七樓已經到了。

在我們眼前，果然有一個區塊以夾板牆圍起來，寫著『整修中』的標示。位置剛好就在電扶梯正前方。我頓時明白綁匪之所以要我們搭乘電扶梯的用意。

事實上，微風廣場佔地頗大，專櫃也不少，綁匪使用手機來進行聯繫，若要我們到達某個特定的位置，很可能得花費很多唇舌來解釋。

但綁匪並不想拖長對話。也許是不想增加暴露身分的危險。

因此，最好的方式就是連我們的路線都明確指示，這樣他就可以快點把電話掛斷。

如果我們搭乘電梯……那麼，在上了七樓後，可能必須尋找一會兒才能進入這個整修中的區域。亦即，拖長了我們交付贖款的時間。

也就是說，綁匪希望整個過程可以速戰速決！

一踏上七樓，我立刻走向整修區，馬上就看到木板門的喇叭鎖。伸手一握，確實沒鎖。

我把木板門打開，讓方嘉荷先進去。我跟著進入後，反手把門關上鎖好。

從踏上七樓到進入整修區，時間不到十秒鐘。

還沒來得及環顧一整個整修區凌亂的施工物事，蕭邦的〈離別曲〉再度出現。

『張鈞見。』

『我在。』

『整修區的角落，有一個緩降機。』我似乎可以感覺到，綁匪的聲音也在壓抑自身的緊張。『將手提皮包綁在緩降機上，然後垂放到一樓來。限你一分鐘之內，將錢交到我手上。』

手機掛斷。

原來是利用緩降機！

現在我們在七樓，縱使馬上衝到一樓去逮捕綁匪，一分鐘不見得夠。

更何況，現在還沒有石克直的消息。根據粗略計算，綁匪至少有三個人，我們不能冒險不交出贖金。

緩降機旁有簡單的圖示說明。依圖動手，緩降機的操縱確實相當簡單。不過，由於緩降機的設計主要是為了逃生使用，所以出口能夠容納成人出入。也就是說，雖然有點危險，但我確實可以試著探頭看見綁匪。

有一個穿著深色衣服的男子身影，出現在我們的視線內，抬頭等著迎風降落的手提包。男人戴著墨鏡，所以我無法辨識他的長相。

只能確定他是一個身材瘦削的年輕男子。

他的右手，似乎握著一把利刃般的器具，我想是準備用來割斷繩索。

還有，他在微笑。

——是因為，五百萬贖款終於要得手了嗎？

方嘉荷的臉頰緊靠在我的肩旁，我可以感覺到她此刻根本停止了呼吸。

就在男人伸手即將碰觸到手提包——我猜還有半層樓的距離——之前，緊接著發生的事，卻出乎我們的意料之外！

『各位來賓您好，請留意您是否有小孩走失，』微風廣場傳來女音清脆的廣播聲，音量並未因為我們身處夾板牆內而減弱。『在五樓有一位名叫石克直的小朋友，目前昏迷不醒，如果您是他的家人，請盡快到五樓「紀伊國屋」書店收銀台來接他。』

4

我見到方嘉荷的雙眼陡然圓睜。當然，廣播通報的內容同樣令我難以置信。

『怎麼回事？』

『克直已經被綁匪釋放了，我們快……』方嘉荷的情緒很激動，幾乎又要掉下眼淚。『我們快去五樓！』

但是，對方明明還差一點才碰得到贖款！

『等等，』在我的腦海中，剎那間翻騰過好幾種可能性。『這不可能！綁匪還沒有安全帶走贖款，他們不可能這麼快放人！』

殘留舊傷的額頭，此刻亦隱隱抽痛起來。

我發現我的手突然伸出去拉出緩降繩，不讓手提包繼續降下。對方見到手提包不再降下，反而開始被我往回拉，臉上立刻失去笑容。

他也許是急了，開始往上跳躍，想要抓住向上升的手提包。雖然數次碰觸到手提包，但他沒有辦法抓住。我用力拉回一大段繩索，並且纏繞固定在緩降機支點上。

『張先生，你在幹什麼！』

『克直一定從綁匪的手上逃脫了。』我明快地下了結論，『但是，他現在處境非常危險！』

『萬一這是綁匪的詭計呢？』

『這跟他們的行事邏輯差太多了。』

方嘉荷似乎還想再問什麼，不過沒有說出口。

『我們馬上去五樓。』我回身朝整修區入口快步走，『手提包暫時留在這裡。』

她立刻恢復穩定，很快地跟了過來。

整修區入口旁的地面上放著一些施工物件，我留意到其中有一條瞬間快乾膠。於是，我拿了快乾膠，在出了整修區後，將夾板門的喇叭鎖鎖上，並把快乾膠的瓶蓋打開，對準喇叭鎖鎖頭擠出快乾膠。

『這是在……？』

『幫我們的東西做個小保護。』我微笑。

『那麼，我們快去救克直……』方嘉荷想要往電扶梯方向走，被我拉住。

『怎麼了？』

『你的把戲真多。』

『我們走逃生梯，』我簡短回答，『電扶梯太顯眼了。』

百貨公司雖然設有逃生梯，一般遊客是不會去使用的。一推開逃生門，就可以感覺到跟百貨公司內部刻意營造的遊逛氣氛大不相同。這裡很冷清。

確認整個逃生梯的空間完全沒人以後，我才領著方嘉荷往五樓走。

『……可是，為什麼不把贖款交給綁匪？』

『老實說，我不認為綁匪需要那些錢。』

『啊？』

『綁匪的計畫非常周全。』一面走下樓梯，我一面解釋，『綁票的方式膽大心細，要求贖金的過程，也讓我們根本無法違抗。但假使五百萬到手，至少有三個人的綁匪，一個人卻分不到兩百萬。他們有這麼好的腦筋，犯罪的經濟規模不可能只有這樣。』

『如果他們不是為了錢，又是為了什麼？』

『目前還不知道。不過我覺得他們無所不用其極，只是想讓綁架案本身能夠成立。』

『我不懂……』

『也就是確實地把人綁走，並且確實地拿到錢。讓錢很容易湊齊，也沒有警察的干擾。』我說：『也許，他們也會確實地把克直送回來。』

『這不就是我們最希望的嗎？』

『沒錯。但，這樁看似理所當然的綁架案，卻可能會成功地掩飾綁匪的真實目的。』

『像是什麼？』

『目前，還不能排除綁匪一開始就打算撕票的可能性。』

『你的話令我……很緊張……』

『別擔心。能夠把克直救出來就沒事。』

『手提包怎麼辦？』方嘉荷問，『用快乾膠封住真的沒問題嗎？』

『也許依然會被剛剛戴墨鏡的男子帶走，』我回頭看了一眼方嘉荷，『也許，我們可以在救出克直之後，去微風廣場的失物招領處領取。』

我輕輕推開五樓的逃生門，確認了沒有人在注意我。

也許是運氣真的很好，從逃生門的縫隙，剛好可以看到『紀伊國屋』書店的收銀台。

不過，沒有看到『流瀑』。他可能躺在櫃台後方。

『方老師，』我的視線沒有離開收銀台，『戴著墨鏡的男人，看起來像是那天晚上帶走克直的人嗎？』

『……不像。』

那麼，綁匪至少有四個人。第一個是方嘉荷或石守賢的壞朋友，負責石家的情報；第二個是綁走克直的男人；第三個是打電話要我們東奔西跑的發言人；第四個就是在一樓等著拿贖款、戴墨鏡的男人。

這個壞朋友，也有可能就是方嘉荷本人。可是，從她對待石家父子的態度，又令人清晰地感受到關愛奉獻的真誠。

若考慮第一人是石守賢的壞朋友——在金融業界的主管級人物，區區五百萬是不可能誘使他們這麼做的。除非，就像我最初猜想的，為了逼得石守賢離開工作崗位、留在家裡。而這個目的價值千萬甚至上億……

正在思索之間，收銀台前面出現了一個手上沒有任何書籍的男人。

是『墨鏡』——但他的墨鏡現在摘下了。

我猜測，『墨鏡』無法取得贖款，於是馬上通知發言人。然後，發現石克直逃走的事實。也許『墨鏡』想要到七樓來取贖款，卻在進入百貨公司後，聽到了重複播放的廣播。

——不能再讓他帶走『流瀑』！

可是，我該怎麼做？

『流瀑』在意外的情況下突然出現，我根本來不及做好任何因應的準備。

——只能硬碰硬了！

『方老師，我現在要去引開綁匪，』我低聲說，『妳設法保護克直。』

不等她回答，我推開逃生門，往『紀伊國屋』書店裡走去。

此時，『墨鏡』似乎已經說服一名女性店員，讓他進入櫃台裡。

我走近櫃台，看見女店員與『墨鏡』正微蹲著，探看暫時安置在地上、昏迷中的小男孩。

他是『流瀑』嗎？

石克直的模樣，跟我印象中在網路上開朗自信、見義勇為的『流瀑』非常不同——他的肩膀窄小，臉頰、手腳都非常瘦弱——這樣的小孩在殘酷的兒童世界中，通常屬於被孤立的弱勢者。

另外一名男店員看我靠這麼近，眼神有點疑惑。

『先生，請問……？』

『我是警察。』我平靜地說，『剛剛局裡接獲報案。』

男店員頓時有些錯愕。女店員也回過頭來看我。我注意到，『墨鏡』雖然刻意沒有回頭，但肩膀微微震動了。

『什麼樣的案子？』

『綁架案，』我一邊說，一邊想要打開櫃台，『有個小學男生遭人綁架，贖款交易地點就選在這裡。而肉票的名字，跟剛剛廣播的名字完全一樣……』

『墨鏡』終於回頭。他的表情，彷彿在叫我閉嘴。

他有一雙濃密的眉毛、堅毅的鳳眼，但是此刻看起來非常狼狽。

『警方在贖款的手提包上，找到兩枚可疑的食指指紋，我們正要擴大偵辦綁匪的身分。』

『可是……』女店員開始害怕起來，並稍微遠離了『墨鏡』。

『墨鏡』遽然起身，往櫃台的另外一邊狂奔出去！

『別跑！』說這種謊話，有一個壞處——那就是謊話必須說到底。

既然假扮了警察，那就要當個好警察！

我立刻繞過櫃台追過去。

在書店的另一頭還有一個出口，『墨鏡』衝撞站在附近看書的中年人，令對方跌倒在地。

『墨鏡』遭到旁人阻擋，腳步略微踉蹌。於是我追上他，抓住了他的肩膀。

『還想逃！』

想不到，他竟突然從身上掏出一把手槍！

我並非不曾被槍口指過，但『墨鏡』的拔槍手法迅速俐落，甚至有職業殺手的水準——我只得疾然迅速往旁邊的文庫本書櫃閃去。

同一時間，槍口深處冒出的散光，在我的眼前渲染出一小團黑霧。

接著，有一聲突梯刺激的爆音衝入我的耳內，震得我的鼓膜嗡嗡作響。

書店裡瞬時充斥店員及顧客們驚慌倉皇的尖叫。

他開槍了！

5

這是〇·〇一秒以內的神經反射。

動作雖然先反應了，但是理智與感覺還沒有辦法跟上來。

在這種電光火石的剎那，你很難不去懷疑自己的身體動彈不得，是因為已經中彈了。

我是張鈞見——生日，一九七八年七月二十日，巨蟹座……目前是『廖氏徵信諮詢協商服務顧問中心』的偵探，老闆是廖叔。

我必須反覆背誦這些屬於我人生一部分的基本資料，才能令我的顫抖、我額際舊傷的刺痛消失。我曾經遇過許多危險，但未曾這麼靠近槍火。

冷靜沉著、充滿自信的綁匪，斷然放棄了原有的行事原則，不再彬彬有禮了。

如果，只是單純的綁架案，五百萬勢在必得，根本無須隨身攜帶槍枝！

綁匪的槍枝，已經證明了他們的企圖不僅止於綁架案。但，他們究竟還有什麼目的？

——簡短扼要、絕不多說一個贅字的恐嚇電話；全盤掌控情報、從容不迫的誘拐手段；對贖款的交付時間、運送路線的斤斤計較；開槍時機的果斷與致命性……彷彿幕後有一本精準的劇本在控制著……

『張先生！』

方嘉荷的聲音，將我喚出腦內混亂的思考迴路。

『你沒事吧？』

『我也不知道……』環顧文庫本四散的地面上，我沒有看到任何血跡。我慢慢爬起來，感覺到筋骨依然可以自由活動。『手掌稍微有點擦傷而已。』

書店裡周遭的人都以半疑半懼的目光看著我們，卻沒有人敢出聲。

『剛才……好可怕……』方嘉荷的眼眶泛紅。

方才的男店員走近，他的表情看起來也驚魂未定。『警察先生，這是……怎會這樣？』

『他就是綁架案的嫌疑犯，』我盡快恢復冷靜，『沒關係。警方在樓下也有埋伏。』

接下來我提高音量，對店內的客人說：『沒事。一切都在警方的掌握之中。』

這些安慰顯然沒有讓男店員安心。『那……』

『一逮到他，我的同事會立刻通知我。』我拍拍他的肩膀，『小男孩還在嗎？』

『……還在。』

『他的情況不太好，』我兀自往收銀台的方向走，『我們必須盡快送他去醫院。』

我覺得我的演技不錯。接下來，只要帶了『流瀑』就可以全身而退了。

既然綁匪有槍，我不能說我們的處境一直都會很安全。

由於發生了槍擊事件，書店裡的客人紛紛走避。不過，對整樁事件感興趣的還是大有人在，他們紛紛擠在書店門口議論紛紛地朝內探看。

也許因為才跟綁匪近距離接觸過，女店員的臉色相當蒼白。不過，她還是努力幫忙，讓方嘉荷抱起『流瀑』。我接手抱過來——他真的很輕。

我不認為這是他本來的體重。感覺像是曾經受過某種折磨。

雖然時值十月，但秋老虎的氣焰依然高張。『流瀑』身著短袖，手臂雖然沾了一些泥塵，皮膚仍然呈現著稚嫩的光澤。

『我們快走吧！』我對方嘉荷偷偷眨眼。

『好……』

『對了，』我朝準備目送我們離去的男店員說：『在七樓整修區，有一座緩降機，繩子綁著一個手提包，是警方設置的誘餌。麻煩你通知警衛去拿，暫時先保管在這裡。』

男店員的臉色霎時發青，我再度面露鼓勵的笑容，拍拍他的肩膀。

不過，男店員的目光隨即轉向，看著我的身後。

『請問，這是怎麼回事？』一個質疑的男聲跟著出現。

『警察先生，』男店員說：『這位就是在庫房發現小男孩的警衛大哥。』

我轉過頭去，剛從門口進入的男人，穿著保全公司的制服，年約四十來歲，剪了一個很短的小平頭，帶有狐疑的眼神。

『我是這裡的警衛。』男人擋住我們的去路，『你們是？』

『我是警察，』光聽問話方式，我感覺眼前的男人不好應付。『我來查一件綁架案。』

『是嗎？』警衛哼了一聲，『我也當過警察。證件在哪？』

『警方正在追緝綁匪，屬於緊急狀況……』

『沒證件是嗎？』警衛不讓我說完，很不客氣地打斷我。

『這次的勤務很特殊，我不能帶著證件。』

『沒證件就少廢話，跟我到辦公室來！你到底是不是警察，等我報了警就知道！』

運氣真好，竟然遇到一個有膽識又不怕麻煩的警衛。

『這沒問題。』

『那就快走啊！』

『請問辦公室在哪？』

『一樓。』也許是我一直很客氣，警衛的口氣稍微和緩了。

警衛領著我們離開書店，我才發現原來圍觀的群眾這麼多，幾乎是夾道歡送了。方嘉荷低著頭，讓長髮垂下，似乎不太習慣讓一大群人如此注視。我倒是還好。

我們搭乘電扶梯下樓。

『……是什麼時候發現小男孩的？』我開口問。

『大約半小時前。』

『當時他已經昏迷了嗎？』

『還沒，』警衛回答，『他一個人縮在五樓庫房的角落，好像在躲什麼。一見到我出現，就害怕得想要逃走。但是，跑不到幾步遠，就昏倒了。』

『克直……』我聽到方嘉荷在微微啜泣。警衛應該也聽見了，但他不做特別反應。

『對了，百貨公司的整修區特別多？』

『嗯。好像是最近有好幾家新簽約的廠商，所以有一些新的裝潢。』

我在心中忙於忖度之際，終於來到一樓。這裡的氣氛跟方才在五樓的危急情勢大相逕庭，幾位優閒的雍容貴婦，在精品櫥窗專注地欣賞玻璃的倒影。彷彿在暗示著，這個世界同時存在著戰爭與和平，但彼此並不知道對方的存在。

果然——還是不能留在這裡！

我伸手去握『流瀑』的腳，將他的球鞋脫下來。然後，伸出食指及中指，偷偷對方嘉荷做出『開溜』的手勢。方嘉荷警覺起來，隨即意會了。

我們放慢了前進的腳步，與走在前頭的警衛逐漸拉開距離。

警衛在一扇『員工專用』的門前停下腳步，右手伸進口袋去掏鑰匙。乘著此時機，我對著方嘉荷低喊：『現在！』

我用肩背的姿勢抱好『流瀑』──所幸他並不是人高馬大型的小學生──帶頭朝正門的方向往前衝，方嘉荷的腳程也不算慢。

不到三秒鐘，警衛已經發現我們的動作。『你們幹什麼……別跑！』

微風廣場的正門出口有兩道──一道是一般的玻璃門，另一道則是X型的旋轉門。要迅速離開這裡，當然是經由玻璃門。

我在通過玻璃門後停下腳步，等方嘉荷也趕上來，然後立即把玻璃門拉上。警衛雖然立刻追上，但我緊握著玻璃門把不讓他打開，他只好臉孔憤惡地改走旋轉門。

這當然是我的詭計。

一等警衛進入旋轉門，我立刻過去將剛才脫下來的球鞋，用力堵住旋轉門的下緣，讓正在旋轉的旋轉門整個卡住。結果，警衛被關在旋轉門內，變得出不來也回不去了。

『可惡！』警衛大叫，『給我回來！』

我向他點頭致意──無論如何，附近的其他警衛會立刻過來救他，致過意後還是得盡快脫身。然而，以『流瀑』現在的狀況而言，卻又不是那麼方便行動。

我也不願意立即回石家──這不見得安全，因為，這樁綁架案還有許多疑點尚未澄清。

只能先暫時找個地方棲身。

沿著復興南路的騎樓往北快步前進，我們連走到馬路上看看手提包是否被取走的時間也沒有。所幸『流瀑』的呼吸還算穩定，與其說是昏迷，不如說是熟睡著，沒有緊急送醫的需要。

『為什麼要逃走？』方嘉荷問，『克直都已經安全了，報警也沒有關係啊？』

『也許是我太多疑。留在那裡可能還有會危險。』

『你懷疑警衛也是綁匪之一？』

『警衛不是綁匪——假使他還沒拿到贖款，他不會把克直交給我們；假使他已經拿到贖款，他大可以放我們走。』

『那麼……到底還有什麼危險？』

『我懷疑的是那些整修區。』我稍作解釋，『綁匪們也許就是冒充進駐廠商的其中之一，才能利用緩降機收取贖款。克直會出現在五樓庫房，很可能是自己逃出來的。亦即，綁匪的其中一個根據地，可能就在百貨公司內的某處。』

『你的話讓我很緊張。』

『別擔心，很快就可以回家。』我停下腳步，『我們先在這裡躲一會兒。』

『這裡？』

方嘉荷指著眼前的連鎖ＫＴＶ。

『只要付錢，包廂想待多久就待多久，心情不好還可以唱歌。我請客。』

6

服務生將餐點、飲料送進包廂以後，隨即離開。ＫＴＶ的人很少，但還是可以聽見技術生疏的歌唱聲，從四面八方交疊而來。

『……克直已經睡著了。不過，目前還不能回家。』我以包廂的電話跟石守賢聯繫，『綁架案的情況變得有點複雜，得讓我再思考清楚一點。現階段，請暫時相信我……方老師嗎？嗯，她人有點不舒服，還在洗手間裡。』

我掛斷電話後，方嘉荷才從洗手間出來。她洗過臉，髮絲濕漉漉的，臉上的妝都沖掉了，現出完全素淨的臉蛋。

『沒事吧？』

『不好意思，我……很容易緊張。』

『要不要吃點東西？』

『……我一緊張就會胃痛，根本吃不下。』方嘉荷在靠近『流瀑』身邊的沙發上坐下，『我想看看克直。』

『流瀑』以毫無防備的姿勢睡著。

方嘉荷擰了一條毛巾，準備幫他把手臂上的泥塵擦乾淨，想不到他居然劇烈地抽搐起來。

『怎麼回事？』方嘉荷殷切地問，『克直，你怎麼了？』

『我不是什麼克直。』『流瀑』的眼睛並未張開，聲音聽起來很沙啞。

『克直！』

『我的名字，是約瑟夫．詹森（Joseph Johnson），現任美國聯邦調查局探員！』

聽到這句話實在令人意外！

他被附身了？這是在我的腦海中第一個掠過的念頭。難道，是因為在綁架過程中受到什麼折磨，於是引發了某種人格上的分裂症狀？

方嘉荷的聲音顫抖了，『克直，不要開老師玩笑好不好……』

『我從來不開玩笑。我確實是ＦＢＩ探員。』

『為什麼……為什麼會這樣？』

『等等，先聽他怎麼說。』我出聲制止方嘉荷，『詹森先生，你說你是ＦＢＩ探員，那麼，你是美國人？』

『沒錯。』

『為什麼到台灣來？』

『因為，我有重要的任務在身。』

『什麼任務？』

方嘉荷沒有繼續掉淚，反而面露詫異地看著我。我想她是沒有預料到，我會這麼輕易地順著對方的邏輯跟他說話。

不過，這對我而言，倒是家常便飯。廖氏徵信諮詢協商服務顧問中心的老闆廖叔，最愛接的委託就是這類的。在台北這個人口稠聚、資訊紛亂、壓力沉重的大都會區，最容易心生怪病——而這些怪病，往往以特殊的型式來呈現。

例如被害妄想、看見鬼、人格改變、聽見車子說話……諸如此類的。其實，這些徵狀，無非只是說明了人的寂寞。我只要去找客戶們問問話、東看看西看看，這些徵狀全都會自然消失。

很神奇是嗎？一點也不。誠如福爾摩斯所說的，這是基礎。

但面對『流瀑』，我的心情卻不是那麼輕鬆——我已經涉足刑案領域了。

『美方已經掌握情報，台灣打算秘密製造核子武器！』

『詹森』說得那麼篤定，一時之間讓我不知該如何反應。既然是秘密，那麼就不該這麼輕易地說出口吧？

『所以，你到台灣來，是為了阻止台灣製造核武嗎？』

『已經阻止了。上個月，美方做過適當處置，以混凝土將台灣的研發設備全部封住了。』

『那麼你準備回美國了？』

『不。我懷疑，在「新竹計畫」以外，還有「第二方案」。也就是說，台灣放棄核武只是表面功夫，事實上有另外一組人馬在繼續開發。蔣經國是個深思熟慮的領導人，他一定有備案。但，我的上司卻相信台灣已經喪失發展核武的能力，因此我得留在台灣，蒐集更多的線索。』

『詹森』提到了一個我所熟悉的名字。但是這位故總統，已經逝世多年了。此外，『新竹計畫』及『第二方案』等專有名詞，我也未曾聽過。

然而，儘管這可能只是『流瀑』心中的妄想，但撇開時代的錯亂不談，『詹森』說得這般煞有介事，卻也令人感覺疑雲重重。畢竟，擁有槍枝、計畫縝密的犯罪集團綁架了『流瀑』，這是既存的事實。

『難道這是……前世今生嗎？』方嘉荷突然說。

『前世今生？』

『我參加過一個心靈成長講座，』方嘉荷解釋，『上課的老師曾經告訴我們，有一種很流行的催眠術，可以將前世的靈魂從潛意識裡呼喚出來。』

『這意思是說……』我頓時陷入長考，『克直的上輩子是美國人詹森？』

我聽說過這類的故事。

美國、英國都出現過類似的案例。人被催眠後，記憶回到上輩子，甚至好幾世之前。當時的生活方式、習俗、日常用語、重大事件……等等，都透過被催眠人的口中鉅細靡遺地娓娓道來，一如親身遭遇。接著，好事者根據談話內容進行詳細考查，結果發現與許多證據不謀而合。

不過，也有些細節被證實是錯誤的。但這並不妨礙它的可信度，因為，記憶並非完全可靠，如此反而更具有真實性。

人們之所以愛好『前世今生』理論，是由於它同時解釋了生前與死後的關係，並利用催眠予以連結。反對它的，是因為這套理論無法找到生物性的證據——記憶若真可以傳遞，至少必須透過基因。然而，早在千年之前，佛教及印度教的輪迴觀、西藏喇嘛的活佛轉世，世界上早就存在『前世今生』理論的構成痕跡了。

總而言之，以『流瀑』的年齡，蔣經國已是歷史人物。更何況台灣是否真正擁有核武，這根本是年代久遠、無法證實的國家級機密。我想他是無法自行捏造這種故事。

『詹森先生，』我問：『你已經找到「第二方案」的線索了？』

『沒錯。』

『「第二方案」在哪裡？』

『我不能告訴你。』

『為什麼？』

『任何國家都不該隨意發展核武。』

『那麼美國呢？』

『美國、還有其他主張和平的盟友國，保有核武是為了科技發展、維護全球的秩序。』

好一個愛國主義者的標準答案！

不過，『詹森』的答案也啟發了我的聯想——石守賢的五百萬只是幌子，『詹森』才是綁匪的目標？這個犯罪集團，難道最終目的是想獲取核武？

倘若猜測屬實，這個犯罪集團，已經等同於恐怖分子了。不，是超級恐怖分子。可是，信仰『前世今生』理論、並且查出『詹森』轉世為『流瀑』甚至予以綁架，這樣的恐怖組織存在嗎？

『詹森先生，其實我不確定你存不存在。因為你的靈魂，現在依附在我的一個朋友身上。』為了確認更多疑點，我繼續問：『有人能夠證明你的存在嗎？』

『當然可以。』

『請說。』

『可以去找沈兆茂。他是台灣國安局的調查員。』

『你們是朋友？』

『嗯。我們是交換情報的朋友——提供假情報給對方、並設法破解對方假情報的朋友。』

『他也能夠證實「第二方案」的存在？』

我的問題等了一分鐘，但『詹森』卻沒有再出聲。彷彿又回到最初狀態，『流瀑』恢復了熟睡。背景噪音仍舊是歌藝不佳的流行歌曲。

『這到底是……』方嘉荷滿臉困惑。

『方老師，我必須暫時離開一下。』我有了結論，沒再多說什麼。

7

微風廣場的正門，整體外觀與兩小時以前並無不同。唯一的差異是，停了幾輛警車、電視台的S

NG車。先前垂吊在半空中的手提包，現在也消失了。我希望保管者是警方。

先前被我困在旋轉門內的警衛，此刻站在騎樓前，面對記者的採訪正在侃侃而談，描述他與『假警察』惡棍周旋纏鬥的過程。

他看了我一眼，並沒有認出我來。因為，我花了一點時間，將裝扮、動作做了一些改變。當然，我是吃偵探這行飯的。而且我最欣賞的人物就是怪盜亞森．羅蘋了。

五樓紀伊國屋書店，此刻想必也圍了『刑案現場』的黃布條，正在勘驗彈痕吧！

之所以重返刑案現場，是因為『流瀑』出現在那裡。換句話說，他曾經在那裡被囚禁了一段時間。找到他的囚禁處，也許就能找到關於綁匪的蛛絲馬跡。

為了方便行動，我必須把方嘉荷與『流瀑』留在KTV裡。必要的囑咐是少不了的——除了我以外，遇到任何人都不准開門，包括不請自來的服務生。一旦發現肉票逃跑，綁匪很可能會盡快清除犯罪證據，所以，我必須盡快找到他們的巢穴，因此，在包廂裡叫了餐點，我自己卻沒有時間吃。

好餓。

只好忍耐一下。

先前逃離微風廣場之際，我曾經拿了一隻『流瀑』的球鞋來阻擋警衛。當時我就注意到，球鞋鞋底的紋理之間，夾著許多像是水泥細塊的石子。但這並不像百貨公司內該有的東西。

另一隻留在腳上的球鞋也是。仔細觀察，細石嵌入的痕跡相當新。

在百貨公司裡，會出現這類細石的地方只有兩個——地下停車場，或者天台。

不過，地下停車場因為出入口有監視器錄影，頻繁的進出可能會引起注意。對綁匪而言，並非囚禁肉票的適當場所。

而，七樓的整修區，可能正是做為進出天台的掩護。

從逃生梯往上走到底，可以看到盡頭有一道虛掩的鐵門。我輕輕把鐵門推開。

鐵門出口附近，堆了許多雜亂的物事，例如過期的廣告大型夾板、懸吊用的繩索、長梯、用罄的油漆罐等等。

還有，先前在地面上看到過、繪有週年慶活動訊息、以及名模身影的大型廣告熱氣球，此刻也已然安裝完畢，全長大約十數公尺，優雅地懸浮在台北市的鬧區天空中，順著風勢形成一道美麗的弧線，儘管耀眼，但在稍感陰暗的天氣下，卻顯得有些褪色。

現在，這裡沒有人。

我蹲下來檢查——地面上確實有類似的水泥細石。

走過空曠的空地，天台的對側立著一座水塔，我注意到，水塔的後面架著幾塊夾板，形成了一個低矮、約有一坪左右的正方空間。只要把擱置在地上的夾板立起來，這個房間就完全不會被發現。

——『流瀑』就是從這裡逃出的嗎？

靠近探看，這個空間明顯沒有太多灰塵。其中一面還藏著一個小型櫥櫃。

我將櫥櫃的櫃門拉開，看到裡面有一些使用過的注射針具。

——這是什麼？

突然，腰際的手機，傳來蕭邦的〈離別曲〉！

我立刻接了電話。

『有件事情我要告訴你，』另外，出人意料的是，從電話傳來的並不是綁匪主腦的聲音，而是一個壓抑的微弱女聲，『你現在很危險，請立刻離開那裡！』

『妳是誰？……』

對方只講了一句話，隨即立刻切斷。

——她是誰？為什麼知道這支手機的號碼？她為什麼要警告我？

我無暇細想，全身緊繃起來。立刻貼著水塔邊緣，小心地觀察天台入口的動靜。

結果，鐵門入口處，竟然緩緩出現一支黑色的槍管。然後，是一雙小麥膚色的女性手臂。

進來的女人，身形雖然纖細，但走路的謹慎步伐，卻可能意味著她受過某種武術訓練。她身上穿的衣服，看起來像是某家水電工程公司的制服。

女子眼神專注，不時左顧右盼，並且朝我逐漸靠近。她雖然頗有個性美——類似大小姐氣質的那種——但再過十秒鐘，她就會看見我，並扣下扳機。

——我該怎麼做？

這種時候，恐怕無法顧及我的行事底限——憐香惜玉啦。

我伸手小心揀起櫥櫃裡的數根注射針具，待她離我只有數尺之遙，用力將針具往她眼前的半空中拋去。

她陡然嚇了一跳，立刻閃躲偏頭，大動作地舉臂保護自己的臉。

我迅速出腳用力向她的右手踢去——由於她可能習武，我不得不加重力氣，確保她手上的手槍可以真的被踢飛。

想不到，槍枝的保險已經被打開，飛出去的槍枝甚至朝半空中射出了幾發子彈！

這也是一把滅音槍。

看來，這位小姐是真的想要殺我！

『哼！』女子見到我，馬上握著雙拳擺出搏鬥姿勢：『算你動作快！』

看來她似乎對手槍被踢到鐵門的角落處不以為意。我最怕這種了。

『為什麼要襲擊我？』

『你破壞了尊師的計畫，』儘管赤手空拳，女子依舊殺氣騰騰，『我不能放過你！』

『尊師？什麼計畫？』

『囉唆什麼！』女子不等我問完，開始出拳攻擊。

高職時期，我曾經有朋友教我打過幾拳，再加上幾年下來在業界的經驗，坦白說我是滿耐打的——非得學會才行，否則，我無法保護自己解謎推理的小腦袋瓜。

不過，為了拖延時間，我選擇了不斷閃躲的方式來應付這位女打仔。只要阻擋她，別讓她碰到槍就夠了。我想要多問出一點線索。

『綁架石克直，為的是約瑟夫．詹森的記憶嗎？』

『要你管！』

『妳到底屬於什麼樣的團體？』

『閉嘴！』

雖然出手非常重，說話的方式倒是跟女學生沒兩樣。肚子沒有填飽，所以我的身上還是挨了幾下。她的搏擊能力，其實不如我想像中的那麼容易承受。

『這些針具是做什麼用的？』

『你……』女打仔的兇狠動作，突然無意識地在一瞬間停頓了。

『妳也注射過這些針具？』我乘勝追擊，『所以妳剛剛才會這麼害怕？』

『你這個混帳！』

『妳所屬的團體，每個人都會依賴什麼藥物，是不是？』

『我……我要殺了你！』

既然要問她話，我真不該隨便刺激她。只不過目前線索有限，她又一直不肯回答，我實在得不到進一步的真相。

她接下來的打法，出招更凌厲，彷彿要把我打成肉醬。不過，如果只是疼痛，那我倒是相當習慣。對我來說，不能澄清疑點，反而是更難熬的。

縱使我毫不反擊，女打仔也不可能佔到任何便宜。對戰許久，她總算知道自己被耍了——她已經氣喘吁吁。終究，不斷地揮舞空拳，是最浪費力氣的打法。

『那麼，可以乖乖回答我的問題了嗎？』

『你真可恨！』

只要她想靠近地上的棄槍，我就把她推回原地。女打仔雙眼圓睜，卻拿我沒有辦法。

不過，局面一旦僵持太久，總是會出現讓我不太喜歡的結果。

『張鈞見，』從天台入口處，傳了又一個陌生的粗重男音，『算你有膽識。』

又是一個新面孔。

截至目前為止，這個犯罪集團的成員，我已經接觸過『發言人』、『墨鏡』、『女打仔』跟這位『男低音』了。至少有三男一女。但，這些人究竟是什麼來歷，我卻完全一無所知，只曉得他們可能對核子武器有興趣。

『兩個欺負一個嗎？』

『因為你阻礙了尊師的計畫。』身材相當魁梧的男低音說，『只要你把石克直交出來，那麼我們會讓你死得輕鬆一點。』

男低音手上沒有持槍，倒是提了一個碩大的手提包，看起來相當沉重，不過，搭配他雄偉的軀體，倒是十分協調。

他的氣勢非常強悍。我不得不退到天台的圍牆邊。

女打仔從男低音的身後經過，準備到鐵門處去取槍。

見此情景，我故作鎮定：『很抱歉，克直是我的朋友。我必須拒絕你們。』

女打仔終於拿到槍了！

她一取得槍枝，隨即熟稔地擺出射擊姿勢，迅速將槍口對準我！

於是，我只好牙關一咬，縱身用力跳躍，抓緊了牽引廣告熱氣球的纜繩，頓時失去重力，我的整個身軀往大樓外筆直地墜落下去！

就在下墜之際，我見到男低音跟到牆緣，低頭看著我，表情極為震驚。

8

事實上，我並非故意尋死——為了活命，我只能冒險一試！

廣告熱氣球由於我的猛力拉扯而緩緩降下，由於風力的緣故，熱氣球降落到木柵線的捷運軌道上頭，接著，我的體重繼續牽引繩索，使熱氣球卡住捷運軌道邊緣。

在半空中我穩住身體之後，立即爭取時間，以雙手攀爬繩索前進，朝捷運軌道上移動。

我根本不知道捷運列車什麼時候會經過，動作必須再快一點！

『女打仔』並沒有對我射擊。

我想，這是因為如果她殺了我，我一定會摔落到馬路上，而我的死亡很可能會影響他們的計畫。如果他們在天台上就解決我，比較容易處理我的屍體。

費了許多力氣，我總算爬上捷運軌道，雙手鬆開，熱氣球立刻迅速回升。我的手掌上的擦傷更為嚴重——但是，至少一條命保住了。

然後我開始沿著捷運軌道，朝南京東路站方向狂奔。

男低音就算再怎麼魁梧，也不敢學我吧？連我自己，都不想再試第二次了！

這次偵查的最後雖然驚險萬狀，可是我依然有所收穫——口袋裡還留有一支廢棄針筒。我必須設法化驗內容成分。

而且，我聽見女打仔跟男低音各提到一次『尊師』。

首先是身分問題——『尊師』是手機裡的那個自大的發言人嗎？我雖然不能確定，但他們在稱呼『尊師』時，語氣顯得相當敬重，必定是組織裡地位最高者。

這樣的人物，也許從頭到尾都是躲在幕後，至今未曾出面。

接著，既是名曰『尊師的計畫』，那麼即意味著是尊師本人想要取得核子武器。

再來就是——『尊師』知道約瑟夫．詹森的存在，也知道詹森握有極機密的核武情報——也就是所謂的『第二方案』。

最後，尊師的名號，感覺似乎是某某宗教或思想流派的領導人。

除此之外，我心底還有一個更大的謎團——

『你現在很危險，請立刻離開那裡！』打這通電話的女人，究竟是誰？

她為何知道這支手機的電話號碼？她為何知道綁架集團的行動？以及，她為何要通知我？

抵達南京東路站時，我仍然沒有想出任何可能性。

我拚盡全力，總算在捷運到站之前踏上月台！

累死人！

為了不引起站內職員及乘客們的議論，我立即飛奔逃出捷運站。

終於回到復興南路上。

就在我鬆了一口氣，準備回到ＫＴＶ之前，無意間，我見到了一張熟悉得像是常在夢裡出現的臉孔。

我以為我不會再見到這個人了……但，在這種時刻，台北市偏偏又是那麼小。

『亞森．羅蘋先生？』

全世界只有一個人，會這樣叫我。

我點點頭，努力擠出微笑。

『真巧！你怎麼會在這裡？』她是——林小鏡。目前……應該是台大資工系二年級學生了。

時間過得真快。我們偶然相遇，與上次相隔又是約莫一年。

她的外型與上次見到時全然不同。簡直有如蛻變後的蝴蝶。

不再像是兩年前那個還穿著北一女制服、髮型清湯掛麵的小女生，也不再像是一年前那個初嘗大學生的自由滋味、內心多愁善感的大一新生了。她現在服裝的配色與飾品的搭法，宛若從心所欲地融入了台北鬧區的時尚空間。

然而，在她清澈澄亮的眼神中，我依然看得見屬於夢鈴的影子。我的初戀情人周夢鈴，跟我年齡相同。而林小鏡，在她高中畢業的那年我們首次相遇，那時的她，幾乎就是我記憶中同樣也是十八歲的夢鈴。她們差了八歲，但林小鏡的外貌，卻一直沿著夢鈴成長的軌跡前進。

前次見面，是在南投埔里的深山、一座名為『玄螢館』的奇妙宅邸裡。

『我……』我突然感覺自己有許多話想對林小鏡說，但我卻看到了另一個熟悉的臉孔。是『墨鏡』！

在熙攘喧騰、攤販集聚的騎樓不遠處，我注意到他穿梭人群之中。

『你最近過得怎麼樣？』

林小鏡的聲音聽起來特別開朗，心情似乎不錯。

我很想掉頭拔腿就走，但我已經沒有奔跑的力氣了。此外，我還想跟林小鏡多相處一會兒。這樣的心情既矛盾又掙扎——她已經有男朋友了，而且，她並非夢鈴。

『可不可以幫我想個辦法？』我只好說：『我想要找個地方躲一下人……』

『現在嗎？』

『嗯。』我回答，『立刻。』

林小鏡古靈精怪地笑了，『沒問題。』

於是，林小鏡迅速將我拉進身旁的一家女性流行服飾店。她一手帶著我的手臂，一手隨便抓了店內一件套裝，然後馬上往店內設置的更衣間走去。她把我推進更衣間。

『小姐……』看店的女店員出聲想要制止。

『我肩膀受傷了，』林小鏡以充滿歉意的語氣說，『所以我想請我男友替我拉一下背後的拉鍊。只有這樣而已，可以嗎？』

『啊……可以、當然可以。』

接著，林小鏡也進入更衣間，把門關好鎖上。

『這個地方怎麼樣？』

『還不錯。』林小鏡的方法出乎我的意料之外。老實說，很棒。

『可是，像廁所一樣，兩個人有點擠哩。』

『妳不介意就好。』

『偵探大哥，你在躲誰？』林小鏡問，『可以告訴我嗎？』

『這件事情有點危險。妳最好不要知道。』

『哦？這樣啊？那我決定要跟你分手，把你趕出去囉。』

『好吧……』我注意到林小鏡期待的雙眼瞬間發亮，只好嘆了一口氣。

『快點告訴我嘛。』

『……是恐怖分子。』

『恐怖分子！』林小鏡顯然有些驚訝，『真的嗎？他們想做什麼？』

『目前還不知道。』我回答，『妳不要再問了。真的很危險。』

『我不管，』林小鏡旺盛的好奇心仍舊從來沒變過，『你要全部告訴我才行。因為，我幫了你。』

在這個狹窄的空間，只有我們兩人。林小鏡的臉孔與夢鈴的臉孔，在我心底再度重疊——縱使，她們完全不同。我確實想對林小鏡說些什麼，說什麼都可以。只要她有興趣聽。

講什麼都無所謂，只要我能跟她說話。

況且，這個事件並非廖叔接手要我照辦的委託案，沒有保密協定的問題。

我於是簡單扼要地解釋了『流瀑』的綁架案、前世今生的理論，以及企圖取得台灣核武研究秘密成果的宗教組織等等。不過我沒有提及模仿成龍、從高樓搭乘熱氣球跳到捷運軌道這一段。

在此期間，時光的流動彷彿靜止了。

『你接下來要去找國安局的調查員嗎？』

『嗯。』我點點頭，『不過，蔣經國時代，距離現在已經將近二十年了。我不知道這個叫做沈兆茂的調查員還在不在。況且，即便證實了約瑟夫．詹森的存在，也不可能立刻就能確定恐怖分子的來歷。』

『聽起來線索好少……』

『只知道有很多人要追殺我，要得到石克直。』

林小鏡的身體突然靠近我，『那麼，可以讓我幫忙查案嗎？』

我搖搖頭。

『幹嘛這麼小氣！』

『這些人是恐怖分子，他們手上有槍。我得為妳的齊大哥著想。』李英齊，是林小鏡的男友，是個腦袋很靈光，但有點好勝、有點愛出風頭、嫉妒心有點重的軟體工程師。

『喂，那為什麼你可以？你的如紋姊也會擔心你啊！』

『第一、我是專業的偵探；第二、馬如紋是徵信社的秘書，不是我的。』

『你可以報警啊！也不用把自己搞得這麼危險。』

『時候還不到。我不想讓石克直被捲進來——他還只是個小學生。警方太早介入，他一定會因為詹森存在於他的潛意識這麼一件古怪的事情，不得不接受偵訊。他已經夠虛弱了。』

『你很討人厭！』

『我不想回答你了！』

『妳今天不用上課嗎？』我改變話題，『蹺課是壞學生的專利喔。』

就在此刻，更衣間忽然傳來敲門聲，不由得令人心頭一凜——會是『墨鏡』嗎？

『裡面有人。』林小鏡刻意將語氣裝得很無辜。

『小鏡，妳的拉鍊拉完沒？』

我聽出對方的聲音了。對專業偵探而言，無論是年代多麼久遠的臉孔、聲音、姓名，都必須在接觸到的一瞬間，迅速載入腦袋的工作區中。

他正是李英齊本人——林小鏡的男友。

9

『總而言之，』我讓林小鏡、李英齊進入包廂後，請他們坐下來，才說：『這兩位朋友，在我剛才在微風廣場搜查時巧遇的。他們也幫了我不少忙。我想他們是值得信任的。』

林小鏡與李英齊以狐疑的目光對看一眼——他們根本就不是在微風廣場與我相遇的。

李英齊會在上班時間出現在台北街頭，也並非沒有原因。簡而言之，這是林小鏡要求的——因為，今天是他們正式交往滿一週年的紀念日。

男人與女人在這方面的思考方式截然不同。相對於男人只有工作日跟休假的分別，女人對日期卻有另一套細膩而繁複的看法。我認為，這是因為女人有月經的緣故。

因為月經，女人總是對各種週期非常敏銳。

總之，據說李英齊的工作極為忙碌，過著如同一般高科技工程師超時工作的生活作息。然而，也許他是對前女友——林小鏡已經逝世的表姊許卿怡心有愧疚，白從跟林小鏡開始交往後，他總是儘可能地陪伴林小鏡。

因為，當初他就是放任許卿怡獨自悠遊網路，她才招致網路殺人魔有機可乘……

所以一週年的紀念日，他還特地請了一天假，陪林小鏡逛街——也難怪，林小鏡會穿得那麼好看。

真的一切都是巧合。

事實上，在經歷過這樁恐怖事件後，我曾經想，是不是從我、林小鏡及李英齊在網路殺人魔的案子相逢的起點，就已經命中注定了？所以，我才會在復興南路逃離恐怖分子追殺的途中，再次遇見他們？

『他就是石克直？』簡單白我介紹後，林小鏡問。

『嗯。』

『看起來好可憐……』林小鏡的聲音變得十分溫軟。這是她同情心開始氾濫的徵兆。『為什麼那些恐怖分子要這樣折磨他？』

『他們想要他潛意識裡的核武機密，』李英齊的說話方式，猶如這個推測是他想出來的。『只要我們好好地保護他，恐怖分子就得不到核武。從恐怖分子的強勢行徑看來，他們還不曉得核武藏在哪裡。』

不過，我決定暫且沉默，讓李英齊接手後續的偵查行動。我需要休息，然後才吃東西。因為我現在連吃東西的力氣都喪失了。在真實世界裡，成龍並不好當。

對李英齊而言，逛街也許非常無聊——參與偵探行動，才是他與林小鏡共有的興趣。

『那我們該怎麼辦？』方嘉荷似乎已經折服於李英齊的自信。

『我隨身攜帶著筆記型電腦，』李英齊拍拍他的黑色背包，『ＫＴＶ裡可以上網，至少我們可以先查詢國安局的資料，以及是否有人對台灣的核武興致盎然。小鏡，來幫我。』

李英齊從背包裡取出一台比我想像中要沉重的筆記型電腦，還有幾條電線，由林小鏡幫忙連接電源及網路。他開了機，進入Windows之後，以滑鼠開啟了幾個視窗，手指立刻飛快地在鍵盤上敲打，指令列不斷出現錯綜複雜的網路封包訊息。

他的打字速度真是快得動人心魄。

我是第一次親眼看李英齊操作電腦。同樣都有資訊背景，我在這方面的功力可是差多了。

『但是……國安局的資料，在網路上可以取得嗎？』方嘉荷問。

『別擔心。』李英齊注視著液晶螢幕回答。

『方老師，齊大哥有超強的駭客功力哦！』林小鏡眨眨眼，『他還曾經接受市警局委託，幫警方破了不少案子。』

『原來如此，』方嘉荷終於綻放笑容，『那太好了。』

這樣啊。李英齊並不是只幫了網路殺人魔案而已，原來市警局的呂益強還找他幫過其他忙。難怪自信滿滿的態度愈來愈醒目。相對於李英齊，呂益強倒是只有在懷疑我是嫌犯時，才會假意說要找我幫忙。

其實，駭客在尋求侵入管道的過程中，過程是相當冗長而沉悶的。為了避免遭到對方的追蹤與鎖定，必須要以極為迂迴的方式連線，並不斷施放煙霧彈；而在成功入侵後，也必須小心翼翼地避開伺服器內設置的某些陷阱，否則將功虧一簣。

『賓果！』沉浸在電腦技術中的李英齊，言行舉止變得愈來愈孩子氣，『我找到了！是國安局調查員沈兆茂的人事資料。』

『真的有這個人！』林小鏡相當興奮。

『我不能在伺服器裡待太久，』李英齊說，『把資料下載儲存，暫時先離線。』

於是，我們三人湊在李英齊的身後，開始閱讀沈兆茂的人事資料。

令人稍顯失望的是，沈兆茂的經歷雖然有好幾頁，但通篇都是意義不明的英文字母、號碼或執行計畫代稱，連年齡及照片都付諸闕如。因此，很難去理解他的主要工作，是否確為台美之間核子發展計畫的情報彙集。

不過，由於經歷本身是附註日期的，可以很清楚地看到，他是一個非常資深的調查員，工作時間至今已經超過三十年。

『最後一筆經歷，是半年前登錄的。』李英齊轉頭，『這個意思是指他已經退休、離職，人不在台灣……或是已經死亡？』

我提醒李英齊，『可以查閱一下二十年前左右的計畫代稱嗎？』

『怎麼了？』

『二十年前是蔣經國總統逝世的時間。』我稍作解釋，『如果當時沈兆茂曾經處理過「第二方案」，在上面應該會登錄某個計畫的代號。』

『嗯。然後呢？』

『這些計畫代號所使用的編號方式，是幾個英文字母配上幾個數字——這是分類上的需要。假如二十年前的計畫代號，與最後一筆計畫代號的英文字母相同，表示兩者很可能是同一類的任務。』

李英齊聽完我的建議，立即查閱檔案。果然發現，兩者英文字母相同，都是『ＳＹＲ』，只是數字略有差異。

『恐怖分子的綁架計畫相當縝密，但他們的目的終究是為了取得核武……』

『我懂你的意思了！』李英齊打斷我的話，『恐怖分子很有可能踩到沈兆茂的情報網，引起沈兆茂的注意。因此，這個英文代號ＳＹＲ很可能就是「第二方案」？』

『沒錯。』我點點頭，『但是，沈兆茂是不是還活著，資料上並沒有提到。』

『不要緊，』李英齊笑出聲，『我可以再連線一次，找出其他資料上也登錄過ＳＹＲ的調查員。縱使沈兆茂已死，我們仍然有其他線索。』

『有道理。』李英齊的看法很聰明。

然而，就在此時——包廂裡突然傳來蕭邦的〈離別曲〉。

——是恐怖分子？還是身分神秘的『她』？

方嘉荷的表情變得緊張起來。

我儘可能使自己的表情平靜點，讓她不致太緊張。然後，我立刻取出手機，按下通話鍵。

『張鈞見。』是恐怖分子。

『我是。』

『你的所作所為，讓我感到非常困擾，你知道嗎？』

對方的語氣雖然與先前並無二致，但用字遣詞似乎已經允許對話，不再只是單純的強迫式命令了。

『能夠造成你的困擾，我也感覺非常榮幸。』

『我的朋友怎麼找都找不到你，你可真是會逃。』

『謝謝你的誇獎，』我決定主動攻擊，『請問你就是你的朋友口中的尊師嗎？』

對方似乎沒有預料到我會這樣問。『……不。你還不配問到尊師的事。』

三男一女，加上尊師——目前恐怖分子已經有五個人了。

『資格不符嗎？我現在的層級只夠格跟你說話？請問一下，我應該怎麼升級？』

『不要耍嘴皮子，』對方冷哼一聲，『你這麼做，只是在浪費自己的時間。』

『什麼意思？』

『呵呵，張鈞見啊，』對方的語氣開始放肆起來，『我老實跟你說吧，你還沒有資格跟我玩躲貓貓。我們現在已經不再需要石克直了，尊師想要的東西，不是只有你能提供。

『不過，由於尊師非常煩惱——他不喜歡有人讓他煩惱，所以他吩咐我們送你一份禮物，要你也嘗嘗煩惱的滋味。』

我的右手不知不覺中握緊了手機，『什麼煩惱？說來聽聽。』

『從我們剛剛開始通話算起，我已經按下定時炸彈的啟動鈕。時間只有三十分鐘哦。』

『你要用定時炸彈來逼我交出石克直嗎？』

『我們同時設置了兩個炸彈。一個就在徵信社的大樓裡，另一個在漂亮的女老師任教的補習班大樓裡。關於炸彈的樣式嘛——為了給你驚喜，我暫時保密，等你看了就知道。我只告訴你結果……二十七分鐘後，整棟大樓是會從世界上消失的喔。』

『你！』

『如果你可以在時間內拆除這兩顆炸彈，那麼尊師就會稍微承認你有資格讓他煩惱一下，否則的話，你所造成的煩惱，就得全數奉還啦。

『還有，我勸你不要找警察幫忙。我們在警界裡是有眼線的喔，請你千萬不要衝動，只要你敢再增加尊師的煩惱，炸彈隨時可以提早引爆。』

10

『怎麼回事？』見我垂下手機，李英齊急忙問。

我完全沒有思考的時間，『恐怖分子告訴我，他們放了定時炸彈！』

林小鏡與方嘉荷驚呼出聲。

『炸彈放在哪裡？』李英齊的語氣真是冷靜到極點，『我們還有多少時間？』

『總共有兩顆。』我設法讓自己鎮定下來，『一顆放在我的徵信社大樓，另外一顆在方老師的補習班大樓。我們剩下的時間還不到半小時。』

『方老師，』李英齊立刻問，『妳的補習班在哪裡？』

『在國父紀念館附近。』

『光復南路好像有點遠，十分鐘內要到相當勉強，拆炸彈也需要時間。我們先報警吧！』

『不行，』我回答，『他說他在警局裡設了眼線，如果我們報警，他會直接引爆。』

『他們會不會是騙我們的？』

『你覺得應該冒險嗎？』

『這個……』李英齊思索了一下，『張鈞見，你的徵信社在復興南路二段是吧？』

『嗯。』

『這樣吧，我們分頭去拆炸彈，』李英齊的決斷力非常明快，『你去徵信社，我去補習班。你抵達以後，先找到炸彈，把炸彈的線路構造弄懂，打手機告訴我，我教你怎麼拆。我想，恐怖分子不可能有能力設計出兩種原理完全不同的炸彈，我只要先知道線路構造，到了補習班，一找著炸彈就可拆掉了。』

『李英齊，你會拆炸彈？』

我有點訝異。

『市警局防爆小組的朋友教我的——他的外號叫「炸彈小子」。我想，不是太先進的設計應該沒有問題。我拿駭客技術跟他交換。』李英齊轉向林小鏡，『小鏡，幫我收好筆記型電腦吧。在這裡等我。』

『齊大哥，這太危險了！』

『好像是很危險沒錯，但是請妳相信我的能力，好嗎？我可是花過很多時間研究的！』

林小鏡似乎還想講些什麼，終究沉默下來。她伸出手，溫柔地去握握李英齊的手，然後不捨地放開。見到這一幕，不知為何，我竟不由得別開了臉。

李英齊向我點點頭，表示可以出發了。

『等等，我也去！』方嘉荷在我們準備離開包廂時，也來到門口前。

『方老師，妳得照顧石克直。』

『克直由林小姐照顧，』方嘉荷說：『補習班的巷子不太好找，有我在可以節省時間。』

『好吧！』李英齊乾脆地回答，『小鏡，克直就麻煩妳了。』

時間一分一秒地流逝，我們刻不容緩。

衝出ＫＴＶ，我們先後攔了計程車，上車之後就立刻朝目的地分頭出發。

一搭上計程車，我立刻打電話到徵信社去。

『您好，這裡是廖氏徵信諮詢協商服務顧問中心……』

『如紋嗎？』

『鈞見，你跑哪去了？』如紋的聲音從客氣變成不耐煩的怨忿，她總是這樣。『廖叔說，有一個重要客戶今天傍晚會親自到辦公室來，要你親自接待。』

『廖叔在嗎？』

『他才剛飛香港，人不在台灣。』

我的情緒開始波動起來，『如紋，可以立刻幫我查幾件事嗎？』

『什麼事？』

『徵信社的辦公室大樓二樓，有一個購物中心。』我儘可能讓咬字清晰，『最近有沒有新的廠商進駐，正在重新裝潢的？』

『我不知道。查這個做什麼？』

『先查清楚，我馬上回去再跟妳說，現在不方便解釋。』我注意到計程車司機在傾聽我的對話內容。這種時候，我不想引起騷動。

台北街頭此刻的車流雖然多，但還好並非下班時段那種動彈不得的窘境。市政府如果有心解決交通問題，就可以順利阻止炸彈事件，而不是碰運氣！

我認為恐怖分子無論多麼神通廣大，終究是人，定然有固定的行為模式。就像李英齊所說的『不可能設計兩顆原理完全不同的炸彈』，佈置炸彈的手法，想必也會與先前的犯罪模式如出一轍。

也就是說，恐怖分子定然是利用店面裝潢的偽裝來進行犯罪行動，就像是利用微風廣場的整修區、天台一樣。雖然我沒去過，但我相信，補習班大樓裡一定也有一個整修中的店面。

抵達復興南路與信義路交口時，我立刻下了車，直接朝辦公室的大樓跑去。

一邊努力奔跑，我一邊再度撥手機給如紋：『如紋，查到沒？』

『查到了，二樓的Ａ７區原本是化妝品專櫃，但上個禮拜……』

『我知道了。到Ａ７等我。』

『不行，我要等客戶的電話……』我沒辦法等她說完，立即切斷手機。

我猛然闖入辦公大樓，有幾個正在等待電梯、穿著西裝的上班族，見我如此衝動，不自主地斜眼看我兩下。電梯旁的電扶梯，此刻擠滿了剛從購物中心出來、開心地聊著天的婦人，我只好轉到大樓另一側的階梯，奔跑上樓。

到了二樓，專櫃四立的購物中心裡人群優閒遊逛著，有股渾然不覺炸彈倒數計時的輕鬆感，反而予人一種暴雨將至的低鳴氣氛。

我暫停了腳步，稍微左顧右盼，很快地確認了十數尺之遙的整修區附近，站著如紋的身影。那裡應該就是Ａ７。我立刻趕上前去。

『鈞見，你是怎麼回事？』

如紋面對著我的臉蛋，永遠就是『不要浪費我的時間』的神情。

整修區外牆鋪著廣告明星的燦爛笑容，臉上的顏色繽紛奪目，但這卻完美地掩飾了不祥的未來。

『有件事我必須壓低音量告訴妳。』

『……』如紋已經清楚地領會到我的緊張神態，便不再抱怨、附耳過來了。

『整修區裡，』我儘可能鎮定地說，『被恐怖分子設置了定時炸彈。』

但，如紋聽完卻啞然失笑，『終極警探會來嗎？』

『我說的是真的！』

『張鈞見，你失蹤一整天，廖叔找不到你，沒辦法交代你事情，想不到你居然玩起恐……』為了不再節外生枝，我不得不以手摀住如紋的嘴。

『讓妳看了，妳就會相信我。』

我一手拉著如紋的手臂，一手去開整修區的木板門。很幸運地，木板門只是關上而已，並未鎖住。然而，令我難以置信的是——

整修區是空的！

『這裡什麼都沒有。』如紋終於生氣了，『你不要玩了！』

『……如紋，』我看到整修區中，連天花板的裝潢全都拆掉了，還露出深褐色的鋼筋。『二樓除了這裡以外，還有其他的地方在重新裝潢嗎？』

『沒有！』如紋柳眉橫豎：『早就知道你會這麼匆忙，整棟大樓都給你查過了！』

——奇怪？這怎麼回事？

難道……恐怖分子還有其他犯罪手法嗎？

我仔細觀察鋼筋，用力在地板上踩踏。沒有任何異狀。

『張鈞見，請問你沒別的麻煩事了吧？』如紋等得很不耐煩，準備轉身。『我要走了！』

我凝望著夾板牆上燦爛笑容的明星。

『如紋，炸彈在這裡。』

我從身上取出瑞士刀來，在如紋雙眼圓睜的同時，以刀鋒輕輕地劃開女明星姣好的臉。

撕下海報，露出了整面的夾板牆來。

牆面的正中央，有一顆不停閃動著紅光的ＬＥＤ面板——１０：３４。

它指示了我們僅剩的存亡時間！

11

『張鈞見，情況怎樣？』

我一邊看著臉蛋血色盡失的如紋，一邊以自己的手機打電話給李英齊，『我找到徵信社這邊的炸彈了。』

『恐怖分子把炸彈藏在哪裡？』

『他們先以樓層區域重新裝潢的整修區當作偽裝，但炸彈並不是裝設在整修區裡，而是在將整修區圍起來的夾板牆內。這是他們的模式。』

『真聰明。』我不知道李英齊指的是恐怖分子還是我。不過他並未解釋，繼續說：『我們還有多少時間？』

『九分鐘四十三秒。』我靠近夾板牆上的ＬＥＤ面板，『接下來我該怎麼做？』

『檢查一下顯示時間的面板後面，有沒有連接電路板？』

『現在是嵌在夾板牆上的，』我使用瑞士刀的刀緣，『我先扳開來看。』

『小心別傷到電線。』李英齊提醒，『我怕恐怖分子設計了斷電引爆的電路。』

『我知道。你現在人在哪裡？』

『再三分鐘就到。』

我拆卸著面板，卻看到如紋站在原地，魂魄好像被嚇出體外了。

『如紋，可以幫個忙嗎？』

『啊……』如紋專注地看著我的眼睛，『怎麼了？』

『設法去啟動火災還是什麼的警鈴，還是妳想到什麼方法都好，立刻讓這棟大樓的人緊急疏散，迅速離開這裡。可以嗎？』

『然後呢？』

『然後，不要回來。』

如紋愣了一下。隨即聲音顫抖地說：『這種事情為什麼要你來做？為什麼不報警？』

『因為恐怖分子說他們在警界有眼線。我們一通知警方，他們就立刻引爆。』

『你……』

她並沒有遲疑太久，很快地離開了空盪盪的整修區。她的臨機應變能力很值得信任，但，我擔心她會再回來。

『面板打開了，裡面有一片手掌大小的電路板。』我仔細檢查線路連接狀態，『有一顆ＩＣ可能是用來驅動面板數字的計時器、然後是類似變壓器以及二極體的元件。有一部分的線路，接線滿複雜的，我看不太懂……』

『一定是保護電路。』李英齊雖沒親眼看到，講得倒是自信滿滿。『定時炸彈有四個主要部分——炸藥、計時器、電池，以及引爆用的雷管。電池讓計時器倒數計時，並且在時間結束時產生電壓脈衝，使雷管冒出火花，最後引爆炸藥。

『為了保證這四個部分能在引爆之前運作正常、不會遭到人為破壞，設計者一定會製作複雜的保護電路。這組保護電路，會偵測炸彈是否運作正常，只要出現異常狀況，就會提早讓電池產生電壓脈衝，啟動雷管。所以，反過來說，我們拆除炸彈，就是要攻擊這一組線路。』

『如果直接破壞雷管跟電池之間的線路呢？』

『不行。他們通常會連接兩組距離最遠的雷管，只要破壞一邊就會引爆另外一邊。』

『電池的部分，也是做成雙重保護嗎？』

『很有可能。』

『那麼保護電路怎麼破壞？』

『先告訴我，那一組電線總共有幾條？』

我握緊手機的手掌，突然開始產生滲出汗水的滑膩感。分分秒秒都十分寶貴，我必須清晰地說明電路圖，一次做對，沒有時間與李英齊來回地反覆確認。

『我認為紅色與白色是一部分雷管的電源與地線，但這兩條就算剪斷，』李英齊解釋，『也只能導致那一部分的雷管失效，沒有辦法阻止計時器。』

『讓這一部分的雷管失效，』我問，『能夠減少引爆的炸藥數量嗎？』

『沒辦法。只要有最關鍵的炸藥仍然連接著雷管，這些炸藥一被引爆，其餘的所有炸藥都會跟著爆炸。』

『除非讓所有的雷管全都失效？』

『對。但這是不可能的。那根關鍵的雷管，一定會設計保護電路。』

『所以，問題還是繞回保護電路。』

『聽起來最可疑的是黃色、橘色跟黑色這三條，』李英齊說，『我跟方老師已經到了。我們馬上去找整修區。只要一看到實際的電路，我絕對可以確定是哪一條。』

隨即，李英齊結束了通話。

時間還剩下六分零一秒——在李英齊找到另一顆炸彈以前，我只能盯著飛快遞減的ＬＥＤ數字。大樓的火警警鈴突然響了。一定是如紋。然而，我祈禱她不要再回來。

就在時間迅速流逝的孤獨中，蕭邦的〈離別曲〉遽然奏起。

『是誰？』我立即接起另一支手機。

『請你千萬要答應我，』並非恐怖分子，而是那個語氣幽微的神秘女子，『絕對不可以拆除炸彈，否則你會後悔的。』

『妳到底是什麼人？』

『請你現在就快點離開現場好嗎？這是為了你的安全。』

『為什麼這樣說？』

『那些人，在定時炸彈裡設計了陷阱。』

『什麼意思？』

電話斷了。

——這個女子究竟是什麼來歷？為什麼對我提出這麼怪異的警告？她為何總是能對我的一舉一動瞭若指掌？她與恐怖分子到底有什麼關係？

我的額頭開始發痛，實在無法繼續思考下去。

此刻，我的手機響了起來，是李英齊來電。『張鈞見，我找到炸彈了——真是驚人，一整面牆的C4炸藥。方老師設法去疏散人群了。』

『電路板情況怎樣？』

『設置方式一樣，』李英齊的聲音顯得很有鬥志，『至於保護電路的部分，我也檢查過了——黑色這條非常危險，剪斷它的話，我認為很可能會觸動計時器加速，等於提早宣判死刑。不過，黃色跟橘色，這兩條的顏色很接近，不小心看錯顏色，一定會剪錯線的。』

『我也是這麼想。』我的喉嚨有點發渴，『剩下的這兩條，該怎麼辦？』

時間只有三分十一秒了。

『剪斷其中一條，』李英齊語氣決斷，『就可以終止計時器的邏輯。』

『哪一條？』

神秘女子的警告，此刻卻不期然在我的心底掀起一陣詭異的不安。

『張鈞見，現在的時間還很夠。』李英齊給我的感覺變得不太自在，『我有話要告訴你。』

『不急。我們可以等拆除炸彈後再說。』

『我希望是現在。』

『好吧，快說。』

『今天下午，我跟小鏡在復興南路約會。』

『我知道。』

『我們在便利商店挑飲料，現在的飲料種類很多，實在很難決定。』

『這種感覺我也常常有。』

『那時候，我突然發現小鏡看著馬路，接著就一聲不響地跑了出去。』他的聲音開始壓抑，『我跟了出去，就見到她跟你在說話，然後就一起走進服飾店裡了。』

『……哦。』

『小鏡雖然聰明，又愛當偵探，但她其實沒什麼心機。你只要遠遠觀察她，就可以知道她在想什麼。在那一瞬間，我知道她的心在你的身上，她的眼中只有你。』

『關於更衣室的事情，我感到很抱歉。』

『張鈞見，不需要說這種話。我只是在那一瞬間，輕輕地嫉妒了一下罷了。在卿怡死後，我曾經告訴自己，要好好地照顧小鏡，直到她離開我。但，我發現我也漸漸喜歡著她。』

『這我知道。你們彼此喜歡。』

『我也知道，你對她抱有一種特殊的情感。』

『我還知道，我們的時間快沒了。』

李英齊沉默地停頓了一下。『我們做個約定好嗎？』

『為什麼？』

『其實，黃色跟橘色電線，我並不百分之百確定該剪哪一條——黃色百分之六十、橘色百分之四十。我沒有真的那麼厲害。』

『沒關係，至少能確定不是黑色就好。』

『小鏡是喜歡我沒錯。可是，她並不很瞭解自己對你的感覺。所以，假使我們當中有一個人死了，那麼活下來的人，就要好好陪伴小鏡，不要讓她難過，可以吧？』

『李英齊，』我不自覺大聲起來，『難道我們不是剪同一個顏色的電線嗎？剪斷不同顏色的電線，只為了保證有一個人可以活下來？』

『不是。』李英齊笑了一下，『張鈞見，我想提醒你一件事情。兩顆炸彈的電路板，在這個地方有可能被恐怖分子動了手腳。也許它們並不是完全相同。

『剪斷同一種顏色的線，不見得會得到相同的結果。看似相同的藏匿方式、看似相同的電路板……這或許正是他們所設下、引我們入甕的陷阱！』

——陷阱！沒想到，李英齊居然與神秘女子的說法不謀而合！

但，這是神秘女子的警告所代表的真正含意嗎？

『所以說，接下來我們只能賭。』李英齊下了最後的結論，『我看了我這邊的電路板，我認為我該剪斷黃色——可是，我不知道你是不是也該剪斷黃色。』

這個結論太險惡了！

『我明白了。你剛才的約定，是想告訴我——你會好好照顧林小鏡，是嗎？』

李英齊諷刺地笑了一下，『即便是我這邊，橘色依然有百分之四十的機率。說到底，這是二選一的問題——恐怖分子是否會設計兩個完全相同的炸彈？』

『我相信……』我無可避免地回想起神秘女子的鄭重警告，『這是恐怖分子的陷阱。我決定，我要剪斷另一條橘色的線。』

『我懂了，』李英齊回覆，『祝你好運。』

『鈞見……你……』我的背後傳來如紋發顫的聲音。她果然回來了，還聽見我們的談話。『不要這樣……』

如紋無法阻止我。我們的時間已經不到十五秒。

『如紋，』我輕輕撥出那條橘色的電線，讓瑞士刀的小剪可以伸入並且夾住。『妳為什麼不逃走？』

『……我答應過社長，他不在時要好好盯著你。』

『好，』我的拇指與食指開始施力，『那就請妳好好盯著我。』

在距離引爆時間前七秒，瑞士小剪將橘色電線剪斷。我的眼睛沒有眨過。空無長物的整修區，彷彿時光的流動戛然中止。

——計時器停止了！

『李英齊，我這邊順利拆除炸彈了……』我立即想要透過手機與李英齊通話，但話筒另一端毫無回應。

我的額頭頓時刺痛欲裂，胸膛也隨而浮現噁心的虛脫感！

——難道，李英齊失敗了？

如紋怔怔地與我互望，卻無言以對。

此刻，蕭邦的〈離別曲〉再度響起。這一次的和弦鈴聲感覺刺耳得難以忍受。

『張鈞見。』

恐怖分子的聲音，充斥著一種輕佻的嘲諷態度。

『我是。補習班大樓那邊到底怎麼了？』

『李英齊、漂亮的女老師，還有她那些在補習班辦公室上班的同事們，全都被炸爛了。爆炸的威力，甚至轟到附近的商店街，把整個地段搞得一塌糊塗呢。可惜你的位置太遠，不太容易聽到爆炸聲啊。』

我周身戰慄，整個人幾乎要跪坐在地板上。

『張鈞見，我要恭喜你，你順利地活了下來。』對方訕笑了幾聲，『你的勇氣令人佩服，能夠這麼快就決定該剪斷哪一條線。一般人，可都是會等到最後一秒才做出決定的呢。』

『李英齊和方老師他們……都被你們給殺死了？』

『不。殺人的可不是我們喔。是你，張鈞見。』

『……你說什麼？』

『不管是黃色或橘色，你愛剪哪一條都沒關係……對了，剪斷黑色的也無所謂。計時器會立刻停止，然後炸彈就安全拆除。你成功了。我要再說一次，恭喜你！

『但是，即便你們什麼都不做，等到計時器歸零，炸彈也不會爆炸。這一點，你們就沒聽說過了吧？事實上，我們對炸彈做了其他改進。你知道是什麼嗎？

『一旦炸彈被安全拆除，就會立即發射無線電波到另一顆炸彈去，並且予以直接引爆。也就是說，先拆掉炸彈的人，就會成為殺死另外一個人的兇手。你剪線的速度比李英齊快，所以，他只好變成替死鬼囉。

『尊師讚許你的勇氣，決定放你一條生路，至於煩惱，願意替你全數承擔了。你應該心存感激。對了，如果你有興趣的話，可以往國父紀念館走一趟，確認一下你的親手傑作。相信我，真的很精采。』

第二章

連鎖反應

Chain Reaction

利用鈾元素製造出一枚威力強大無比的炸彈，在科學上是千真萬確絕對可行的；人類已直接經由核分裂連鎖反應釋放出巨大的能量。

——亞伯特．愛因斯坦《致美國總統老羅斯福的信函》

1

這，才是『陷阱』的意義……

我所面對的恐怖分子，並不是設計了一對無法拆除的炸彈；也不是設計了一對看似相同、實則相反的炸彈；而是，設計了只要拆除其中一組、另一組就會立刻引爆的炸彈，再加上一個偽裝的計時器，讓我們不得不在時限之內拆除炸彈。

也就是——逼我們殺死對方！

所以，手機另一端的神秘女子，才會對我做出『絕對不能拆除炸彈』、『請快點離開現場』這樣的警告。她不願意製造更多傷亡，所以要我別拆炸彈；另一方面，她只能聯絡上我，卻無法阻止可能立刻拆除炸彈的李英齊，所以要我迅速逃走。

但，我沒有聽懂她的話。或是，她無法說清楚！

而今，李英齊死了。方嘉荷也死了。林小鏡、『流瀑』與石守賢，未來該怎麼辦？

面對整修區夾板牆上一整片的Ｃ４，心中浮現一股渴望揮拳捶打的衝動。

我的右手正要用力，卻被如紋輕輕握住了。

『鈞見，』她扶我起身，平靜得令人感覺好冷酷。『如果剛才你我都被炸死了，李英齊會怎麼做？』

我詫異地凝視著如紋。她的眼神堅定得近乎無情。

李英齊沒有恐怖分子的聯絡手機。他勢必會更晚知道我已經死亡。倘若他聯絡不上我，他一定會到徵信社的辦公大樓來。

由於李英齊無法直接與恐怖分子聯繫，因此，他不會從恐怖分子的口中，得知炸彈所設計的陷阱。也就是說，他不會知道自己是『殺人兇手』。

然後，他會理所當然地將我的死訊轉達給林小鏡。

倘若按照李英齊的說法，林小鏡『在某一瞬間，眼中只有我』，那麼依照她那麼愛哭的個性，想必會淚流滿面的。

——接下來，她一定會要求李英齊找到殺死我的兇手！

『如紋……我想，他會替我找出兇手。』

『我也是這麼認為，』如紋柔聲說：『但，你現在可以有選擇，可以不告訴林小鏡。』

如紋對我、李英齊與林小鏡之間的三角關係，總是抱持著冷眼旁觀的態度。但，她這次的建議卻給我溫暖的感覺。若由『殺人兇手』的我來告訴林小鏡這件噩耗，她必然會受到更嚴重的傷害。

『……我懂了。』

我點點頭。然而，我的脖頸此刻仍然虛浮乏力。

『鈞見，現在你可以把事情的詳細經過解釋給我聽了嗎？』

大樓的火災警鈴聲已經停止，保全人員大概發現了這場火災只是虛構的惡作劇。整修區內彷彿變得安安靜靜，夾板也阻隔了外頭窸窣走動的人群聲。

也許，這是我的錯覺。這只不過是我將心神集中在陳述事件經過時，腦部暫時忽略了聽覺系統的訊息而已。我頭一次察覺到，如紋這麼認真地看著我。她一直保持沉默，此時竟有如一位心理醫師，全心全意只是傾聽病人說話。

『那，林小鏡現在人在哪裡？』

『復興南路的好樂迪ＫＴＶ……』我告訴如紋包廂號碼。『她現在跟「流瀑」在一起。』

『鈞見，我去ＫＴＶ替你盯著林小鏡。』

『妳怕她等得太久，然後發現李英齊已經死了？』

如紋點點頭，『我想我可以幫你擋一陣子。』

『……那位重要的客戶怎麼辦？』

『我改了時間，』如紋的音調沒有起伏，『不過等廖叔回台灣後，你自己去跟他解釋。我可不管。』

想必，是我先前那通緊急電話，讓如紋有了某種心理準備，所以她預先將預約改期。

如紋的考慮不只如此。她先前還調查過整棟大樓所有的整修區，確定只有Ａ７一個地方，才能讓我在第一時間內想出炸彈的藏匿位置。

面對工作，她真是個冷靜到不行的女人！

『我明白了，』如紋這種公事公辦的態度，反而給予我一股沉著的力量。『那麼，我現在就立刻去國父紀念館。』

『嗯。』

如紋走向門邊，開了夾板門準備和我一起離開。然而，此時我突然想起一件事。

『不好意思。』出了整修區，我將門關上，『如紋，妳先去找林小鏡吧。我要先回一趟辦公室。』

『怎麼了？』

『我想順便拿一下記者證，』我微微聳肩。『門應該沒鎖上吧？』

如紋輕輕蹙了眉頭，沒有多問。我想她應該知道，林小鏡不會等她問完問題才開始想像李英齊怎麼還不回來——依照林小鏡心急的個性，恐怕已經開始打手機找人了。她必須立刻趕去。

我看著如紋站在人群之間搭乘電扶梯下樓後，隨即往電梯方向走去，搭乘電梯回到位於七樓的徵信社。

白天的辦公室變得空盪盪的。沒有廖叔、沒有如紋。這是徵信社的罕見情景。

自從我漸漸能獨立進行偵查後，廖叔便不再對我經常耳提面命了。然後，他轉而發展海外業務，往香港、泰國、日本等地去跑。有些時候，還真懷疑他哪來這麼多案子可接。

平常我待在辦公室的時間並不多。有時候為了跟監或出差，甚至一個禮拜都不在。

只要一天至少打一通電話回辦公室，定時回報狀況就夠了。如紋的工作，就是聽我每日的簡短報告，並且設法製造出一份翔實可靠、讓客戶心安、樂意付錢的長篇報告。

得到愈來愈多的自由後，我開始接一些自己有興趣偵辦的委託。但，這些委託大多違背廖叔的接案原則，所以我從不告訴他。

結果，現在為了『流瀑』的事，不僅我隱瞞了廖叔，連如紋都被我拉下水了！

我回到我的辦公桌，打開電腦。

等待Windows開機的過程中，我開始重新思考整樁綁架案的來龍去脈。

首先，我注意到這個案件有一個最重要的特質。綁票石克直的犯罪團體——或者該稱作恐怖分子，自始至終一直給我一種計畫極為精密的印象。

恐怖分子不僅對石守賢的工作狀況、方嘉荷與石克直的上下課作息瞭若指掌——他們甚至無須使用暴力，肉票就得手了——另外，在取得贖款的手段方面，也極力節約時間，設法有效率地拿到錢。同樣的，不使用暴力，甚至利用了緩降機，連正面接觸都刻意避免。

當然，這些作為都是為了避免留下任何線索。

若以這種前提來思考，紀伊國屋書店的槍擊、天台上的偷襲、定時炸彈，意義顯得格外重大。這是截然不同的行動原則！

恐怖分子毫不避諱地出現在公共場所；槍擊、爆炸案也必然招來警方的注意——與他們先前向石守賢宣稱的原則相比，根本是自打嘴巴。

難道說，這些攻擊事件也是計畫的一部分嗎？

令人無法相信。

至少，林小鏡與李英齊的出現，絕對是恐怖分子無法事先安排的。除非他們兩人也屬於恐怖集團的一份子。

如果，林小鏡跟李英齊不在恐怖分子的預期中，啟人疑竇的就是C４炸藥的設置了。那並不是半個小時前就能隨手安裝的東西。

——為什麼恐怖分子早有預謀，要在這兩個地方引爆炸彈？

再往回推，恐怖分子之所以引爆炸彈，是因為我不肯交出石克直，還造成『尊師』的困擾。但，理所當然的，這也不屬於他們的預期範圍。

——這一切，全部都是計畫嗎？

我決定暫停思考。現在線索仍然不夠，我得繼續追查。

此時，電腦進入操作介面。沒有花什麼時間，我上網找到了國安局的網頁。

比起警察局，廖叔一定更不喜歡國安局吧？他總是不喜歡那些與徵信社相同、以查東查西來維持生計的其他官方單位。

如果我使用了辦公室的電話跟國安局聯繫，以後可能會吃不完兜著走。他們可是會把每一通電話的來源都記起來的。

確認過國安局公佈的E-mail之後，我使用網路輾轉連結了幾個伺服器——我的駭客技巧不如李英齊出色，只夠用在工作上——並且做了一些防止追蹤的措施後，才開始打字寫信。

沈兆茂先生：

想跟你談談ＳＹＲ，你來約時間。我是張鈞見。

信件的篇幅很短，但用字遣詞卻花了一番工夫。最後，我還是決定使用本名。沈兆茂也許能從我的名字確認我的來歷，並且願意與我見面。

不知為何，我突然想起這跟第一次與林小鏡的見面，竟是如此類似。

2

計程車一過忠孝東路與敦化南路路口，就完全無法前進了。

『媽的！什麼爛交通！』付了車錢、我準備下計程車之前，計程車司機有感而發地咒罵起來——因為，他沒能將我載到目的地，賺到尾程的車資，此刻又被困在車陣中。

我決定徒步走向國父紀念館。

根本無須近觀，從堵塞的車潮與路上議論紛紛的人群，我知道國父紀念館的方向，百分之百發生了事態嚴重的狀況。愈往前走，就愈可以聽見高亢刺耳、令人惶惶不安的消防警笛聲。

我沒有特別去問過方嘉荷補習班的位置在哪裡。

其實根本不用問。

午後原本乾淨的淺橙色天空，也可以清楚看見不遠處有一團巨大的灰黑塵霧突兀地沾黏在上頭，不僅久久未散，還繼續自底部噴發新的濃煙，彷彿有一頭惡龍正停留在彼端嘆息著。

這定然是台北市內規模前所未有的爆炸事件！

過去台北市也曾發生過白米炸彈客一類的土製炸彈事件。但是，警方都能在炸彈引爆之前，幸運地將炸彈拆除，沒有釀成什麼傷亡。至於由自殺者引發的瓦斯氣爆事件，爆炸規模也僅限於幾棟住戶。

『……目前根據本台的消息指出，爆炸的來源是一棟舊式的住商式混合大樓，屋齡超過二十年，裡頭開設了許多小型的補習班，所以有許多無辜的學生出入。到底有多少人員在這次的爆炸事件中死傷，雖然警方還沒有做出正式發佈的動作，但是依照這棟大樓的樓層與坪數，估計死傷人數恐怕會超過一百人……』

見到了任意停靠的電視台ＳＮＧ車、表情見獵心喜的女記者在路上到處積極攔截、探詢路人的感想時，我不由得心頭一緊，加快了穿梭人群的前進腳步。

『……如此悲慘的事件，究竟是怎樣發生的？為什麼歹徒會使用這麼恐怖的手段，來攻擊這棟毫無威脅性的大樓？本台請到了武器專家、軍事專家，透過連線到現場的方式，來為觀眾進行詳盡的分析……』

接近光復南路，這裡的交通全然癱瘓，到處圍著拒馬，形成了一個災情搶救緩衝區。幾名身穿制服的員警，直接在拒馬前方站崗，以聲不絕耳的激烈哨音，試圖控制混亂不堪的現場。

除了維持秩序的員警、忙碌奔波的記者之外，停留在這一區的路人、車輛，似乎全都沒有離去的意思。有些人乾脆停車下來，開始打手機與朋友講起電話；拒馬上面的黃色塑膠布條，也被想要搶進的圍觀民眾扯得零落四碎。

『先生，這裡是管制區。』一名員警態度很客氣，但語調非常浮躁地擋住我的去路，『請不要再往前走了！』

『不好意思，我是記者。』我亮出手上的記者證。

『如果是記者朋友，請往這邊走！』

為了方便查案，徵信社準備了幾張備用的記者證，是廖叔以前接辦了媒體高層人士的委託，對方在事後致贈的。所以，這些證件全都不是偽造，可是貨真價實的。

果然無法輕易靠近爆炸現場，大樓的幾條巷外全部拉起了封鎖線，連爆炸現場本身都被其他新建的高樓擋住，根本看不到。然而，在管制區邊界散落著細碎的泥塊塵土，令人不由得對當時爆炸的巨大威力感到恐懼。

而且，從不斷上竄的濃煙看來，由爆炸所引起的火災尚未完全撲滅。

——這場爆炸，就是我造成的嗎？

我順著員警的指示，通過了一兩道由拒馬阻絕的關卡，來到了一處剛好位於一座社區大樓的廣場、由警方所設置的媒體接待處。

現場的座位不多，全部都被早來的攝影記者佔據了。他們將攝影機全部對準正對座位、立著麥克風的小講台前。

我看到一位毫不陌生的人物——台北市警局的官方發言人郭乃義。

只要台北市一有重大刑案發生，必然由他出面說明。他說話不疾不徐、條理分明，據聞跟媒體互動良好，可說是現今警界的中堅精英。

他手上拿著幾份文件，似乎正在跟身邊的同僚討論稍後即將開始的記者會。

我站在原地不動望著郭乃義，安靜地耐心等待著。

我不知道郭乃義是不是還記得我，不過，一年前發生在南投玄螢館的『超能基因』事件中，我們還曾經搭過同一架直升機。

『張鈞見，你怎麼會在這裡？』

在我的背後，傳來一個非常熟悉的聲音。沒錯，我是在等他。

他是台北市警局內，真正負責執行重大刑案偵搜行動的刑警——呂益強。

每一個優秀的長官，背後必定有一個優秀的部屬。

『你好，』我回過頭，『呂益強。』

『上次冒充生物學博士，這次冒充記者是嗎？』

與郭乃義不同，呂益強的語氣中總是充滿一種壓抑的謙虛感。尤其他不動聲色、卻又充滿攻擊力的講話方式，和郭乃義堅決果斷的態度天差地遠。但兩人卻一明一暗，共同主導了台北市重大刑案的偵破紀錄。

至於我，則總會在一些不小心變成刑事事件的委託案裡遇見呂益強，所以認識他。只不過，我通常以嫌犯的身分出現。

『我喜歡到處看看，』我回答，『增加一點人生閱歷。』

『你可以去清靜一點的地方。』呂益強補充：『這裡很吵鬧，而且相當危險。』

『我還滿習慣的。而且，我才剛去過類似的場合呢。』

呂益強聽了，眼神變得警戒起來。

『你有這場爆炸案的線索？』

『嗯。』由於時間緊迫，我沒有多說廢話，『可以找個清靜一點的地方談談嗎？』

『跟我來。』

此時，市警局的記者招待會終於開始了。郭乃義一上台，立刻就引起坐在座位上的記者們一陣鼓譟，陸續還有場外的記者從街頭採訪趕回來聽。

『媒體朋友各位好，關於這次的「香榭國城」大樓爆炸案，市警局會同消防大隊……』

我跟著呂益強離開媒體接待處，走進這棟社區大樓的玄關。我知道，當郭乃義召開記者招待會的時刻一到，呂益強的偵查任務已經暫時有了結果，因此他可以稍微喘口氣。

呂益強向玄關處的管理員點頭致意，隨即領著我轉入走廊，來到這棟大樓的小會議室。

這裡看起來像是管理員使用的辦公室，只有兩張小桌，上頭擺了幾本工作紀錄簿、私人衣物以及一些文具。

『你先坐下來吧。』呂益強拉了房內唯一的椅子給我。

『謝謝。』我接過椅背，坐下來。

呂益強倚在房間內側的小桌旁，問：『是什麼樣的線索？』

『等等，你可以先告訴我，警方目前對案情的瞭解程度嗎？』

『你的個性真是沒有改變過。』呂益強哼了一聲，『話說回來，你們徵信社從來不接刑案，你怎麼會有爆炸案的線索？』

『這不是委託，而是幫一個朋友的忙。』

『你的朋友遇上恐怖分子了？』

『嗯。我朋友的小孩被人綁架，並且被歹徒威脅不准告知警方。』

『自作主張嗎？』呂益強似乎能理解一般人的處理方式，『贖款多少？』

『五百萬。』

『這個數字有點怪……』呂益強想了一會兒，『但，綁架案為何跟爆炸案有關？』

『因為，這兩個案子是同一個集團做的。』我略微舉手，『呂益強，我的部分先講到這裡。你的部分呢？』

『爆炸發生在半小時左右以前，』呂益強乾脆地回答，『我們研判，爆炸中心在「香榭國城」四樓。由於爆炸的威力非常強大，由於上下兩層樓出現坍崩，導致從三樓到五樓，全都化為瓦礫堆。而且，這棟六層樓的老樓房的結構已經嚴重損毀，隨時有可能倒塌……』

我不禁深吸一口氣。

『消防車必須在遠距離滅火比較安全，否則樓房一旦倒塌，可能還會出現更多死傷。』

『現在找到多少生還者？』

『目前只有兩個。這兩個人當時在樓外，遭到落石擊中。一個十幾歲的男國中生，還有一個五十幾歲的婦人。他們都是重傷，已經被送往醫院急救。另外，倒在戶外的死者還有一男兩女，服裝看起來像是上班族。』

『確認過這五人的身分了嗎？』

『還沒有時間。不過，國中生的制服有繡上他的名字。』

『大樓內的人呢？』

呂益強突然沉默片刻，然後才用極為緩慢的語調說話。

『……目前，還沒有發現有人生還。』

3

管理員室並不寬敞，窄小的窗戶通風不良，尤其從外頭傳入的嘈雜警笛聲，似乎在房內的空間裡形成一種令人氣悶的低沉回音。

『這棟大樓的四樓是什麼公司？』

『據說有兩家補習班，還有一家電視購物的業務公司。』呂益強不等我繼續問完。『張鈞見，你剛剛提到你才剛去過類似的場合。這是什麼意思？』

『在我徵信社的辦公大樓，也被安裝了同樣的炸彈。』

『你拆除了炸彈，才活了下來？』

我沒有將李英齊的事情說出口，只是輕輕點了點頭。

『那麼，歹徒為何把另一顆炸彈設在「香榭國城」的四樓？難道說……你朋友的小孩，在四樓的其中一家補習班補習？』

呂益強的反應真的非常敏捷。

『張鈞見，』呂益強繼續追問：『你說，恐怖分子在兩個地方安裝了同樣的炸彈——這個意思，是指同時引爆的炸彈嗎？』

『這……』

『如果你負責拆除徵信社的炸彈，那麼拆除補習班這邊炸彈的人，是誰？』

只要一跟呂益強接觸、打算從他身上挖線索，就免不了會被窮追猛打逼問一番。我早就有心理準備了。

『肉票的補習班老師。』

『是這樣子嗎？』呂益強的眼神不表信任，『張鈞見，我不曉得你會拆炸彈。同樣的，我也不相信一個補習班老師懂這種技術。你還是說實話吧！』

我只能輕聲嘆氣。

『是李英齊。』

呂益強顯得相當驚訝，『李英齊？為什麼他也捲入這個案件？』

結果，到頭來我仍舊不得不和盤托出。呂益強真會問話！

我決定把大部分的事情告訴呂益強，從一開始與方嘉荷一起到微風廣場運送贖款，陸續發生恐怖分子的槍擊事件、天台暗處的櫥櫃與注射針具……以及，為了躲避恐怖分子，巧遇了李英齊與林小鏡的經過。

由於恐怖分子恫嚇我們，說他們在警界有眼線。在資訊不足、時間緊迫的情況下，我們才沒有通知警方，不得不設法與恐怖分子周旋。

我唯一沒說的，是恐怖分子綁架石克直的目的，很可能是為了他的潛意識中，有一個美國ＦＢＩ探員、名叫約瑟夫・詹森的線索。我也沒提到沈兆茂和核彈的事情。

我想，呂益強既不會相信非理性的超自然力，我也沒必要在這時候徒增麻煩。

『你是在告訴我，李英齊已經死於這場爆炸案中？』

『沒錯。』

『如果我沒有答應他，讓防爆小組教他拆除炸彈……』呂益強低頭沉吟了一陣。

狹窄的管理員室出現了一陣漫長得令人難受的靜默。

『呂益強，對這整樁案件……』我轉移了話題，『我有一個猜測。』

『請說。』

『在談到我的猜測以前，我想跟你談個交易……』

呂益強瞪著我，『什麼交易？』

『我告訴你爆炸案的可能追查方向，』我注視他的眼睛，『但你要告訴我追查的結果。』

呂益強沒有立刻回答，低著頭開始思考。

趁著這段空檔，我故意活絡雙肩、伸伸懶腰、練習呼氣吐氣，暗示他若不想交易便罷。

『張鈞見，這是一件死傷人數還沒有辦法統計的大規模恐怖事件。』

『這個我知道。』

『但你握有重要的線索，卻不願跟警方合作。』

『如果我不願合作，我不會來找你。』

『你是在保護石克直嗎？』

呂益強的問題倒令我有些訝異，『你怎麼會猜他？』

『這不是猜，而是推理。』呂益強微笑，『自始至終，你都無意把石克直交給警方。』

『他的年紀還不足以承受警方的偵訊方式。』我又補上一句，『更何況，將他交給警方，媒體一定會狂撲上來，搞得雞犬不寧。我不喜歡那樣。』

『這件事你倒是說對了，郭先生也經常很頭痛呢。』呂益強吐了一口長氣，『難道說，你是要我負責從爆炸案下手偵查，而你自己則會繼續追查石克直那邊的線索？』

『正是。只要你願意交換情報，我一定幫忙，警方一定能早點破案。』

『我懂了。』呂益強回答，『成交！』

『謝謝你的體諒。』

『那你現在可以繼續說了吧？』

『當然。我認為——石克直的補習班老師方嘉荷的嫌疑重大。』

呂益強饒富興味地看了我一眼。『你覺得她是恐怖分子的其中一員？』

『我很不願意這麼想，但是一切的線索全都指向她。』

『是因為她對石家的情報知之甚詳，也只有她才能取得石克直的信任、綁走他嗎？』

『還有其他理由。』我開始解釋，『我最初開始懷疑她，是因為綁匪從來不直呼她的姓名。但對其他人卻是。有時候人想要隱藏某種既存關係，會不自覺地迴避稱呼姓名。當然，也許還有另外一種可能性，那就是綁匪認識她，但她不知道綁匪的真實身分。

『不過，後來發生了一件事，終於讓我確認方嘉荷也認識綁匪——因為李英齊與林小鏡偶然出現了，而這必然在綁匪的計畫之外。至於，在綁匪打電話告訴我他們裝設了定時炸彈以後，分頭拆除的是我跟李英齊，至於方嘉荷，則是讓林小鏡代為照顧石克直，跟著李英齊去了。

『炸彈爆炸後，綁匪曾經打電話給我，告訴我補習班大樓的事。那時，對方曾經直呼過一次李英齊的名字。這就是最大的疑點！

『不在計畫內的李英齊，綁匪為何會知道他的姓名？很顯然的，是有人通風報信。但，知道李英齊介入炸彈拆除的，也只有我、林小鏡跟方嘉荷而已。』

『也就是說，在李英齊與林小鏡的出現純屬偶然的情況下，』呂益強代替我繼續說，『能夠跟綁匪聯繫的唯一人選就是方嘉荷。』

『沒錯。』

『但，張鈞見，你有沒有考慮過——綁匪在石克直的身上，裝了竊聽器的可能性？』

『我想過。』我接著進一步說明，『但機率非常低。昏迷的石克直，意外被警衛帶到百貨公司的書店，這件事恐怕連綁匪都亂了陣腳。否則，先前計畫周全、保持距離的綁匪，為何不得不開槍逃逸，結果反而更惹人注意？亦即，綁匪根本沒料到石克直會脫離他們的掌控。』

『這樣一說，是滿有道理的。』呂益強點點頭。

『事實上，在運送贖款的過程中，有件事情特別使我感到不解。綁匪雖然採用了很複雜的方式來取得贖款——一下子是整修區、一下子又是緩降機的，但卻絲毫沒有必要叫兩個人一起送。五百萬的體積不大，緩降機的操作也不難。

『為什麼綁匪會這樣要求？我曾經猜想，方嘉荷在綁匪帶走石克直之前有過接觸，為了杜絕後患，綁匪很可能打算在運送贖款的過程中對她不利。但，這樣的事情並未發生……不，在原本的計畫其實是應該發生的。』

『什麼意思？』

『炸彈並不是在李英齊介入後才設置的。恐怖分子的效率沒那麼高。也就是說，設置在補習班大樓的炸彈，是專門為方嘉荷設計的。』

『恐怖分子要方嘉荷去拆炸彈？但是，你先前又說，方嘉荷是他們的其中一員。』

『我是這麼說沒錯。綁匪從一開始就不願意使用銀行帳戶匯送贖款，在親自運送贖款時，還要我們搭乘捷運，起初我實在想不透原因。但是，只要套入方嘉荷，就可以解釋得通——只有這樣，才能增加我們相處的時間。』

『為什麼她要怎麼做？』

『她可以在這段時間表演緊張或無辜的模樣，說服我、讓我相信她跟綁架案無關。』

『一種心理誤導？』

『沒錯。我們甚至聊了一些愛情觀呢。』我聳聳肩，『但她不曉得我沒那麼好騙。我本身就是靠欺騙跟冒充混飯吃的啊。』

『我同意。』

我沒有理會呂益強的諷刺，『可是老實說……她的態度非常真誠。這讓我在感性的層面上，不願意做這種無情的猜測。』我還記得，方嘉荷甚至一度掉了淚。『言歸正傳。我剛剛說，炸彈是為方嘉荷設計的——恐怖分子即使取得贖款，我想也不會釋放石克直。他們依然會回過頭來繼續宣稱，徵信社與補習班都裝了定時炸彈……』

『你是說，恐怖分子利用了她？然後還打算殺你們滅口？』

『這只是其中一種可能。』

『還有別的可能嗎？』

『有啊。』我發現額頭好像在跳動著，『比方說，金蟬脫殼！』

4

『張鈞見，麻煩你解釋清楚一點，可以嗎？』

我的手掌不自覺地開始緊握，並感受到從掌上擦傷傳來的刺痛。『李英齊拆除炸彈時，曾經告訴我——方嘉荷設法去疏散人群了。但，這與事實不合。』

『你是說……』

『呂益強，你還沒忘記自己剛剛說過的話吧？整棟大樓外只有五個人！受重傷的，有一個中年婦人、一個國中生，還有三個死亡的上班族！這根本不像是疏散時的結果！』

呂益強陡然沉默了。

『說不定，方嘉荷趁這個機會逃走了！』我一邊說，一邊感覺著呼吸緊促，『如果李英齊不在，她就會一個人來到補習班大樓拆炸彈，再偽裝自己不慎被炸彈炸死，變成死者的其中之一。但，實際上她才是恐怖分子！』

『那麼，雙重炸彈的陷阱怎麼解釋？假使你比她更晚剪線呢？』

『也許雙重炸彈根本就不存在，』我增強既有的推論，『恐怖分子的話是假的。實際上，這組雙重炸彈原本就只有設定炸掉補習班，目的是為了讓方嘉荷詐死。』

呂益強伸手拍了拍我的肩膀。

『張鈞見，我知道你不願意接受李英齊的死亡。』他刻意維持語氣的平穩，『而且我認為，「金蟬脫殼」的推測也稍微武斷了點。

『方嘉荷或許曾經試圖疏散人群，但她終究能力有限。在台灣從來不曾發生過恐怖攻擊事件，無形中降低了群眾的戒心。聽到警鈴、聽到廣播，甚至會認為是機器故障或惡作劇。畢竟，這次的爆炸地點，並不是在機場、車站或市內的重要建築物。』

我沒有發言反駁他。

『我也同意，方嘉荷確實涉有重嫌。現在消防大隊還在滅火，一旦撲滅，警消人員得以進入火場勘查，我一定會設法確定罹難者當中，究竟有沒有方嘉荷的。』

呂益強都沒有提到李英齊的事。

顯然，他跟李英齊想必非常熟稔，所以在心底默默排除了他可能是恐怖分子一員的可能性。李英齊確實是這次恐怖爆炸事件的無辜受害者之一。

遭到波及的，自然也包括林小鏡——不知，她何時會得知這項噩耗？

『張鈞見，』呂益強再度開口，『你認為方嘉荷背後的恐怖分子，是怎樣的一組人馬？』

談話至此，我們終於進入事件最關鍵的核心了。

『我只遇到過其中幾個人。不過，他們擁有小型槍械、大量的C4炸藥、來歷及功能均不明的注射用藥。組成人員方面，至少包括談判專家、爆破專家、受過專業武術及射擊訓練的襲擊者，以及一位神秘的精神領袖。』

『聽起來真像一支城市游擊隊。』

『還有，他們手上的資金也不少。』

更重要的是，他們的目標是核彈！——我心想。

我將口袋裡的廢棄針筒取出，交給呂益強。『這就是我在微風廣場的天台上找到的。針筒裡的殘餘藥液，用來分析成分應該還夠。那裡極可能是恐怖分子的其中一個據點。因為我去那裡進行搜查，才引發了他們的憤怒。現在警方再去，恐怕什麼也找不到了。』

『不過，警方至少可以從百貨公司、購物中心的專櫃整修區開始查起。』

我點頭贊同，『我接觸到的恐怖分子，其中有一名年輕女子，身穿水電工程公司的制服。我想，這些整修區一定都是同一家公司負責裝修的。』

我將記憶中的公司名稱告訴呂益強。

『利用裝修公司，入侵各處的公共空間嗎？』呂益強低聲喃喃自語。

『另外，在徵信社大樓二樓的整修區，恐怖分子裝設了大量的C４炸藥，也許警方可以從這裡下手，追查出C４的來源。』

『當然。』呂益強臉色突然有點陰沉，『但是，追到最後若是超出市警局的職權範圍，總署高層那邊一定會立刻插手……那麼我就幫不了你了。』

『我知道，官僚體制嘛。』

『所以，有些線索很可能我不方便追……』看來，呂益強行事慣有的謹慎，其來有自。如何在個人績效與權力牽制之間取得優勢，果然也是一門學問。

『呂益強，剛剛討論的那些線索，我認為追查起來恐怕並不容易。裝修公司很可能是虛設的公司行號。藥品的分析、炸彈的來源，這些線索要真的去追，一定曠日費時的。』

『那你有什麼更好的建議？』

『方嘉荷曾經無意透露出一個線索，』我回答：『她參加過某個心靈成長講座。我懷疑，這個心靈成長講座跟恐怖分子有關。』

『為什麼？』呂益強面露詫異。

——因為『前世今生』的理論，就是那個講座告訴方嘉荷的。假使方嘉荷被利用了，那麼必然是這個準備綁架石克直的恐怖分子，以心靈講座的幌子利用她。

『方嘉荷是一個很容易緊張的人。』我並沒有直接告訴呂益強實情，『她會談一些自己的心事來紓解壓力。也許恐怖分子的其中一人，在心靈成長講座的場合認識了方嘉荷，並且取得她的信任，聽了她的心事，才能與同黨擬定了整套綁架計畫。』

『我明白了。』呂益強說：『補習班的人際關係畢竟非常單純。倘若方嘉荷加入了什麼心靈成長講座，多半也是與她的同事一起去。如果補習班的職員有人生還，或者不在爆炸現場，很可能會知道這個心靈成長講座的事。』

我心想，這就是此次交易的初次結論了吧！

『張鈞見，』呂益強伸出右手與我相握，『如果跳開我身為刑警的身分，以一個朋友的立場來說，我非常佩服你的勇氣。因為，嚴格來說，這場恐怖爆炸案，絕不是過去僅僅針對個人、為了達成殺意而犯下的謀殺案。

『這是對整個社會的痛恨、攻擊對象毫無差別的冷血屠殺行為。既然他們只是為了一個補習班老師，就可以裝置C4毀掉整棟大樓，表示他們無論有何目的，都絕對勢在必得、不容他人阻撓。』

『我知道。』

『你真實的處境，很可能比你自己以為的要更加危險。現在，我要再問你最後一次——你願意將石克直交給警方、全權讓警方處理嗎？』

『破案以後再說吧。』

『我給你我的手機號碼，只要你一有新的線索，立刻通知我。』呂益強鬆開了我的手，『張鈞見，請你自己一切小心。』

5

離開爆炸案的災情搶救緩衝區，並不是一件容易的事。

在我與呂益強走出大樓玄關、準備告別之際，外頭的媒體接待區湧現了大批的混亂人潮，甚至發生推擠，使警方的記者說明會不得不暫時中斷。

郭乃義的表情顯得有些尷尬，但除了吩咐員警設法維持秩序外，他也無能為力。

儘管看不見人潮中心發生何處，我依然能夠很清楚地聽見——那是悽絕慘痛的哭聲！

爆炸案的遇難者家屬！

呂益強向前擋在我與人潮之間。我想他能感覺到我此刻複雜異常的心情。他回頭以眼神稍作示意，要我馬上離開。

望著爭先恐後、奮力往中心躍進的攝影機，我終究離開了現場。

回到光復南路與忠孝東路的交口，在拒馬圍成的警戒線外圍觀、議論紛紛的群眾依然沒有減少。

然而，警方的管制畢竟起了作用，周邊馬路的車輛開始淨空，逐漸繞道他處。

三輛警車鳴著警笛，從拒馬管制區開出來，隨而迅速沿著忠孝東路往市中心駛去。呂益強也在座車裡。

他們一定是要去我徵信社的辦公大樓去偵查炸彈的事。呂益強的下一步行動也開始了！

看著警車從我眼前遠去，我從口袋裡取出自己的手機。

先將手機連上網路，然後連上我先前在辦公室發出電子郵件所使用的信箱伺服器，開始進行下載。很快地，手機裡多了一封新的信件。

我立刻打開信件。

張鈞見先生：

打電話給我。沈兆茂。

信末附上了一個電話號碼，但只有八碼，並非手機號碼。

我離開網路，照著電話號碼打了電話過去。

『「塞納左岸」咖啡屋您好，』話筒中傳來一個悅耳如鈴的年輕女聲，『請問要預約嗎？』

這支電話號碼，原來是一家咖啡廳。『我想找一位沈兆茂先生。』

『找客人嗎？您稍等一下下哦。』

雖然沒有見到對方本身，但可以感覺到她是一個充滿朝氣的女孩。這無形中稍微緩解了我胸口緊繃的情緒。

等待未久，話筒裡傳來一陣輕微的碰撞聲，然後出現了一個聲音低沉的女聲。

『我是沈兆茂，』原來沈兆茂並非『先生』。『張鈞見先生嗎？』

『是的。』

『你想跟我談ＳＹＲ的事？』沈兆茂壓低音量。咖啡廳畢竟是個公共場所。

『對。』

『你現在人在哪裡？』

我聽得出來，她的聲音透露出某種戒心。『我在國父紀念館附近。』

『好。告訴我怎麼認出你來，』沈兆茂說：『我去找你。』

『等等……』我稍有遲疑。

『張先生，你怕我會帶一群持槍的同事去把你圍起來？』

『不是，』我回答，『這附近發生了一樁爆炸案，場面非常混亂。另外，我不是線民，也沒有危險性。妳不需要召集大隊人馬。』

『假使你沒有危險性，不可能知道ＳＹＲ的事。』

『沈小姐，我不求妳相信我。』我沒有考慮太久，立刻決定再說一次謊，碰碰運氣。『其實，ＳＹＲ的事，是詹森告訴我的。』

話筒中遽然出現一陣靜默，只剩下咖啡廳裡模糊不清的疏落人聲。

『……我很久沒有聽到這個名字了。』

看來『詹森』說得沒錯，他們確實是朋友——但是，我認為他們兩人也許不只是交換情報，可能還有其他的交情。

『是詹森叫我來找妳的。』感覺到沈兆茂似乎尚未完全解除心防，於是我再補上一句。『所以，請妳千萬不要麻煩妳的同事。』

『我明白了。』沈兆茂停了一下，『那麼，你要怎麼約？』

『信義區的華納威秀影城中庭，可以嗎？』

『好。』

『二十分鐘後，我會坐在靠松壽路最近的座椅上。』

『你的年紀多大？』

『還不到三十。』

『張先生，我會一個人到。請你一定要等我。』

語畢，沈兆茂掛了電話。

從國父紀念館到華納威秀影城，距離並不算太遠，二十分鐘綽綽有餘。我走過光復南路，在國父紀念館前攔到了計程車，請司機前往華納威秀，遠離了爆炸案現場。

在計程車內，我撥了電話到ＫＴＶ的包廂。

『喂。』

『鈞見嗎？』

『如紋，』我感覺一顆心懸在空中，『林小鏡現在怎麼樣？』

『你想要跟她說話嗎？』

『嗯。』

很快地，話筒轉給了林小鏡。『偵探大哥……』

『小鏡。』

『齊大哥真的……死了嗎？』

『目前我還不能確定，』我設法穩住自己的語氣，『爆炸案現場非常混亂。不過，我在那裡見到了市警局的呂益強，他答應我，一有消息就會告訴我的。』

林小鏡沒有立刻說話。我彷彿可以見到她淚垂欲滴的雙眼。

『如紋姊會陪著妳，』我只得繼續說話，『妳不要想太多，好嗎？』

『偵探大哥，答應我一件事。』

『什麼事？』

『如果齊大哥死了，你一定要替我抓到兇手。』

『我答應妳。』

突然，林小鏡哭了出來。我沒有馬上開口安慰她，只是靜靜地聽著她的哭聲。透過計程車的玻璃窗，我看到台北天空中逐漸傾落的初夕，此刻也變得十分哀傷。她的痛哭久久沒有停歇，陪伴著計程車穿過了幾條馬路。

司機似乎察覺我手持電話卻久久不發一語，謹慎且好奇地透過後照鏡偷看了我一眼。

『……偵探大哥？』

『小鏡，』我放輕說話聲，只為了聽清楚她因哭過而發啞的聲音，『我還在。』

『你說……我是不是一個會招來不幸的人？』

『我不這麼想。』

『那你說，為什麼齊大哥會死？如果我沒有強拉他請假，要他陪我過一週年紀念日……他現在應該還在辦公室上班……』林小鏡再度聲淚俱下，『都是我……都是我……明明我可以等他下班再慶祝的……』

『招來不幸的，不是妳，』我打斷她的自責，『而是設置炸彈的人。』

『我的任性，讓齊大哥非得陪我逛街，還害死了他。而且，如果我在他準備要去拆炸彈時阻止他，不讓他去，至少現在他不會死……』

『小鏡！李英齊是生是死，現在根本就不一定！』

林小鏡被我果斷至極、脫口而出的話嚇到了。『……為什麼？偵探大哥，為什麼你可以這麼篤定？』

縱使可能性微乎其微——假使恐怖分子認為李英齊還有用處，他們有可能會在讓方嘉荷『金蟬脫殼』的同時，將李英齊一起帶走。

亦即，只要找到恐怖分子，依然有機會找到李英齊。

『因為，現在並沒有發現他的屍體。』終究，我沒有對林小鏡坦承我真實的想法。

『你是說，他有可能在炸彈爆炸前逃走？』

『小鏡，妳聽好。』我不希望我的安慰，反而給予林小鏡不切實際的幻想。『爆炸案的調查有呂益強在做。我現在要去追國安局的線索。請妳相信我們。』

『……我知道。』

計程車終於轉進松仁路與松壽路的交口，『小鏡，我要掛電話了。』

『偵探大哥。』

『嗯？』

『謝謝你。』小鏡的心情似乎終於平緩了。

我按下手機的通話鍵。司機連忙移開盯視著我的目光。我沒有理會他的好奇。

此刻，計程車內居然響起蕭邦的〈離別曲〉！

我警覺地拿出另一支手機，開啟通話。

『不要去見沈兆茂。』話筒裡的聲音，又是那個身分不明的女子。

『妳到底是誰？』

『請聽我說，』神秘女子從未改變過她焦急的語氣：『你們只要見了面，就會有生命危險！』

6

傍晚前的華納威秀影城中庭，華燈初上，路上的行人從多金貴婦、外國遊客，逐漸變成高中學生以及上班族穿著的時尚男女。沿著騎樓邊有一條排著長龍的隊伍，那是準備要看新上映的好萊塢電影的觀眾。

兩位穿著清涼養眼的年輕Showgirl，站在中庭入口處親切地散發傳單，還附上某家化妝品公司最新的產品試用包。

我坐在中庭靠近馬路的座椅上，觀察著身邊是否經過可能是沈兆茂的女性。

但是，那位已經第三度打匿名電話給我的女子，她在我下計程車以前的警告，至今仍繚繞在我的耳際。

——她不僅對我的行動知之甚詳，也屢屢命中我接下來發生的狀況！

然而，我卻從來沒有感覺自己被人跟蹤。這是為什麼？

『張鈞見先生？』

我的身旁靜靜地多了一位銀髮的端莊女性。雖然她外表看似年過半百，但身材並未顯老態，反而予人一種風韻猶存的嬌豔感。她鏡片後的雙眼瞇瞇地笑著，模樣一點都不像調查員，倒像從退休下來的幼稚園園長。

『沈兆茂女士？』

她點點頭，依然笑容滿面。但，愈是如此，我就愈記得神秘女子所說的『生命危險』。

『我可以坐下來嗎？』

『請。』

沈兆茂優雅地坐下來。她的水藍色套裝十分好看。

『張先生，』她扶了一下眼鏡，『你是怎麼認識詹森的？他過得好嗎？我已經很多年沒有見過他了。』

『我想，他應該已經過世了。』

沈兆茂的表情倏地僵硬了一下，『……是嗎？』

『妳最後一次見到他，是什麼時候的事？』

『快二十年了，我以為我不會再聽到他的事了。』

『後來他去了哪裡？』

『他回美國了。』她再次恢復笑容，『張先生，詹森為何要你來找我？』

『就是為了ＳＹＲ。』我貌似誠實地回答，『他認為有人想要對它動腦筋。』

『這已經是二十年前的計畫了。還會有誰對它感興趣？』

『沈女士，難道妳最近半年來從未碰過ＳＹＲ？』

『你，對我的工作內容似乎很清楚？』她的聲音忽然變得有些慍怒。

『其實，我有妳想要的線索。』

從現下的態勢觀察，沈兆茂的確很想從我口中問出什麼來。否則，她不會這麼快願意見我，而且還讓我決定會面的地點。

『除了有人想對它動腦筋，詹森還告訴過你什麼？』

『別急。』我停頓一下，試圖舒緩眼前的高張氣氛。『我是在非常偶然的情況下，才得知SYR這件事。如果妳願意多告訴我一點，對我們的合作會更有幫助。』

『……你想知道什麼？』

沈兆茂沉默一陣子，才問。

『所謂的「新竹計畫」是什麼？二十年前，台灣真的曾經打算製造核彈？』

『並不是打算。』沈兆茂顯然已經被我說服，『而是真的動手了。一九六四年十月十六日，中共在新疆羅布泊完成了首次的核子試爆，進入核武建軍時代。對台灣當局來說，這不啻是惡夢般的武力威脅。於是在次年，國防部在桃園龍潭設立了中科院，下設核能研究所，根據美援移轉的核能發電技術，開始進行核武研發。

『然而，台灣的核武研發，最大的主導權其實還是在美國手上。當時，美國雖然表面上不願提供研究用的原子反應爐，但另一方面卻指派加拿大出售，這個購案就叫做「新竹計畫」。但，製造核彈除了需要反應爐，最大的關鍵則是在天然鈾——而且，需求量比起核能發電研究高出太多。更重要的是，這部分牽涉到敏感的國際外交問題，所以美國與加拿大都不願出售。

『後來，秘密販售天然鈾給台灣的，是南非。台灣終於有辦法開始生產核燃料。可是，美國為了監控台灣核武的研發情況，不僅每季派遣國際原子能總署來台進行武檢，在台灣也安置許多ＦＢＩ進行偵查……』

『為什麼美國默許台灣研發核武，』我聽了疑惑頓生，『卻又不斷干涉？』

『美國讓台灣研發核武，是為了牽制中共。但是，美國又不希望台灣真正擁有核武，以免台灣脫離美國的控制。這可以說是美國人的兩手策略。』

『妳跟詹森就是在那時候認識的？』

『不要把我想得太老了，』沈兆茂的語氣平和，彷彿在說一個與她無關的故事：『我成為國安局調查員，是三十年前的事。當時，中科院的核武研發已經接近最後階段，必須更注意美國的動靜。國安局那時盯上了幾個ＦＢＩ，其中一個由我負責，那個人就是詹森。』

『所以，你們真的是朋友了……』

『事實上，我們結過婚，還生了兩個小孩。』

我想，沈兆茂一定是發現我極為訝異的表情了。

『我們的感情好得很哦。』她又笑了。『只不過立場不同。雖然有時候心情很矛盾，好幾次都不想再繼續下去了，但最後還是對自己說，這是為了國家。我想他的想法也是這樣吧。』

『然後呢？』

『一九七九年，南非傳出核試爆的消息，引起國際震撼。台灣跟南非過從甚密，使美國認為實力相當的台灣，極可能很快也會進行核試爆，最後決定強制台灣將反應爐關閉，並將核燃料全部運走！

『一直到一九八六年蔣經國總統逝世後，美國甚至將核研所的研發設備，全部用混凝土灌漿封死。進行了二十幾年的「新竹計畫」，到此全部終結。』

『換句話說，台灣再也沒有製造核武的能力了？』

『不，』沈兆茂回答，『美國的密集武檢，本來就不是一兩天的事；核研所內部，更懷疑有臥底向美國密告研發進度。總之，核武研發若要成功，就必須另想對策。

『於是，為了突破監控，總統府秘密成立了另一支研發團隊，完全不讓中科院知悉。這就是「第二方案」。在「第二方案」中，研發目標的核彈取名「修羅火」，而保護這個目標的國安局計畫代號，就是ＳＹＲ。』

『修羅火？』

——恐怖分子想要的東西，就是『修羅火』嗎？

『由於第一流的核能研發人才，都加入「新竹計畫」，也沒有多餘的反應爐，因此，「第二方案」一開始進度遠遠落後。不過，因為不受美國干涉，秘密買到了新的反應爐後，卻能夠穩定地取得技術突破。』

『原來如此。』

『不過，美國並不是省油的燈。在毀掉研發設備後，大部分的ＦＢＩ都領命回國，但詹森依舊留在台灣，這顯示美國也有些懷疑「第二方案」存在的可能性。我跟詹森在一起那麼久，知道他早就盯上「第二方案」。而我主要負責的計畫，也是ＳＹＲ。』

『一直到現在？』

『是啊。』

『「第二方案」後來成功了嗎？』我問。

『這個部分，我不能告訴你。這事關國家機密。』

我凝視著沈兆茂的臉孔，『那麼，從半年前開始，為什麼重新啟動ＳＹＲ？』

『張鈞見，』沈兆茂忽然收斂了笑容，『我想我說得夠多了。我還不知道你能夠提供給我什麼線索。』

『沈女士，我當然可以提供給妳。』我微笑，『今天下午，我剛好跟那幾個對「修羅火」有興趣的朋友當面交過手……』

『你是說真的？』我沒猜錯，沈兆茂果然有興趣。

『包括今天下午四點在國父紀念館附近發生的爆炸案，也是那群人策畫的。我強烈懷疑，他們很快就會展開下一波行動。』

『什麼行動？』

『他們似乎在暗示我——他們已經取得「修羅火」了。我想，一旦有了核彈……』

『這怎麼可能！』沈兆茂優雅、溫婉的表情遽然改變，『「第二方案」的研發地點極為隱密，一般人根本進不了那裡的……更不要說他們……』

『「他們」？這是否表示，妳也知道那群人的存在？』

『我見過其中三人，兩男一女；還有一位負責談判的男人，與我通過電話。』

沈兆茂神情嚴肅，『張鈞見，你親眼見過他們？』

『張鈞見，你到底是什麼人？為什麼會跟他們接觸？』

『我啊，』我聳聳肩，『我只是個尋常徵信社的普通小偵探。這群人涉嫌綁架一個小孩，而我則是幫小孩的父親送贖款。不過，最後我帶回小孩，贖款他們恐怕也沒拿到。他們很生氣，所以炸了一棟大樓警告我。』

『我明白了。』沈兆茂似乎對綁架案毫無興趣，『那麼，你願意幫忙指認他們嗎？』

『我若是答應，妳會告訴我這半年來ＳＹＲ發生的事？』

『當然。這半年來，我就是在找他們！』沈兆茂顯得有些激動，『有了你的指認，我相信很快就能抓到他們！』

原來如此。

果然，這半年多以來，沈兆茂的確在追那群恐怖分子。她之所以爽快地願意見我，是因為她認為我可能有恐怖分子的線索。甚而，聽沈兆茂的語氣，也許她已經將嫌犯鎖定在某個範圍，只差臨門一腳了。

我剛好就是這臨門一腳。

『今年二月，』沈兆茂開始解釋：『根據線報，我發現到一名羅馬尼亞籍的軍火商曾經來到台灣。這個軍火商聲名狼藉，專門走私各種軍火，供應武器給非洲幾個國家裡的激進組織，在當地製造戰爭大發利市。但，當我注意到他時，他已經離台了。而且，我也查不出他的來意。

『到了四月，蘭嶼的台電核廢料儲存庫發生了一起竊盜事件。五公斤的鈽廢料在運送過程中不翼而飛。儘管失竊的鈽廢料純度並不高，但我們很清楚，只要經過再生處理萃取純化，就可以提煉成製造核武的彈藥。

『國安局非常緊張。因為，美國對這個失竊案很不高興，甚至認為這是台灣自導自演，其實是為了掩飾秘密持續研發核武的事實。

『的確，「修羅火」的原料就是這樣來的。可是，「第二方案」不可能一次偷渡那麼多鈽。最後，我們大膽猜測——有人利用了「第二方案」既存的運送管道偷走鈽廢料，還順便嫁禍。換句話說，「第二方案」的秘密很可能走漏了！』

聽沈兆茂的意思，她已經明示『第二方案』現在依然持續進行中。

『因為有人偷了鈽廢料，所以妳才再次執行ＳＹＲ？』

『「第二方案」是等級最高的機密。除了取得情報外，竊盜集團還必須長期監視，才有可能掌握鈽的運送路線並予以攔截。於是，ＳＹＲ開始過濾當時出入蘭嶼的旅客名單，清查所有的可疑人士——果不其然，有一個名叫安太爾．馬哈達什的中東人，半年來經常到蘭嶼來，卻在核廢料儲存庫發生竊案後隨即失蹤。

『表面上，馬哈達什是個來台灣讀大學的年輕僑生，但背後很可能受了羅馬尼亞軍火商指使，打算竊取鈽廢料進行買賣！

『我徹查過馬哈達什的背景，可惜一無所獲。我曾經去他就讀的大學調查，但他的同學都說他習慣獨來獨往——連他在台灣認識交往的女友，都以為他經常到蘭嶼去，只是為了做自然生態觀察。

『透過國外的調查單位協助，馬哈達什沒有不良紀錄。於是，我漸漸開始認為，馬哈達什並不是竊賊集團的其中一員，只是用來誤導的棋子。亦即，偷鈽的那群不法分子，安插了一個啟人疑竇的中東人，為的是隱藏真正的目的。』

『妳的意思是，』我問：『失蹤的馬哈達什已經死了？』

『很有可能。』沈兆茂回答，『甚至連羅馬尼亞籍的軍火商都是誤導——似乎有人希望我們相信有一個秘密團體對「修羅火」很有興趣，逼我們重新執行ＳＹＲ。』

『可是，鈽廢料失竊了，爆炸案也確實已經發生。我想，那群人不會做毫無意義的事。』我也開始感覺迷惑，『逼國安局出來調查，能得到什麼好處嗎？』

『一點都沒有好處。』她倒是十分篤定。

不過，我心裡不這麼認為。

『沈女士，』我改變思考方向，『妳是否調查過是誰洩密？』

『「第二方案」的研究人員，沒有人可以洩密。』我不知道她說這句話的根據是什麼，『除此之外，知道這個計畫的人恐怕不超過五人——包括詹森在內。但是，幾乎無人知道計畫全貌，會洩密的人也可以說一個都沒有。』

『是嗎？』

『張鈞見，你不瞭解愛國主義。』沈兆茂嘆了口氣，『這是一種信仰。』

『那麼，美國為何能終結「新竹計畫」？』

『因為他們的臥底，是信仰美國的台灣人。』

我凝視著沈兆茂。

『這表示「第二方案」有相同的風險。』

『當然。否則不需要ＳＹＲ。』沈兆茂沉默了一陣，『張鈞見，我能夠告訴你的部分到此為止。我現在得帶你回國安局，有一些檔案照片，需要你的指認……』

沈兆茂緩緩站起身來，表情已經完全沒有笑容。

然而，她卻立即以奇異的姿勢筆直地向後倒臥，跌落在地上。

在那一瞬間，我彷彿聽見一聲嘶嘶的響音，掠過頭頂。

我反射般地趨身向前查看，在沈兆茂的水藍色套裝衣領下方，多了一道猩紅色的凹孔！

7

這就是神秘女子所說的——生命危險！

在沈兆茂頹倒在地之際，周遭並沒有任何人發出尖叫聲。連我自己，也只不過從喉間迸出一絲虛弱的悶呼。

沈兆茂倒下的第一時間，我沒有一直看著她。我的視線警覺地移轉到松壽路對面新光三越百貨的天橋上——對角線大樓的頂樓，有根東西在淡紫色的天空中迅速收回了。

那一剎那，在百貨公司探照燈的輝映中，閃了一下似是狙擊槍用望遠鏡的微弱反射。

我感覺到周遭有一些好奇的目光投來，但並沒有維持多久。華納威秀中庭很快地又恢復原有的匆忙及逸樂。即便對仍然發著傳單、距離最近的Showgirl而言，很可能這只是一名老婦人突然身體感覺不適，如此而已。

——是滅音狙擊槍！

我沒有逃離現場、沒有企圖躲避狙擊槍的威脅。因為，剛才的那顆子彈，是在沈兆茂起身以後才發射的。很顯然，狙擊槍不是針對我來。目標是沈兆茂。從射擊的方向判斷，狙擊手之所以選擇此刻行動，是因前先前我跟沈兆茂正在談話，我的身體擋住了她。

目標如果是我，我不必等到見了沈兆茂之前，早就喪命了。

神秘女子口中的『生命危險』，並不是指我，而是指沈兆茂——儘管在談話過程中，我時時刻刻都在留意周遭，但卻完全沒料想到，恐怖分子不僅持有小型槍械，還擁有遠距離攻擊的狙擊槍！

從彈孔的位置看來，雖然沒有擊中心臟，但很可能已經穿透左肺了。

我扶起身體羸弱無骨的沈兆茂，見到她的唇齒不斷地顫動著。

『沈女士……』我將耳朵湊近她的唇邊。

『……去找國防部的魏楨平，』身受重傷的沈兆茂，意識竟然非常清楚，咬字也毫不含糊。『他知道到底有多少人知道「第二方案」……假使有人洩密……』

沈兆茂似乎還想說什麼，但是卻沒有力氣了。

她睜著雙眼，呼吸既重又急。一時之間，我感覺自己的手被她的手緊緊握住——那是她的皮夾，上頭染滿她的鮮血。

我注意到皮夾邊緣有個圓形彈孔，很可能是狙擊槍偶然打穿所造成的。

皮夾減緩了子彈的力道——也就是說，若非這樁偶然，也許沈兆茂連一句話都不會說，而是當場斃命！

『有人受傷了！』我抬頭大喊，『快叫救護車！』

對面的Showgirl嚇了一大跳，但僵硬的身體似乎不聽使喚，惶恐地看著她另一頭的同事。有好幾個上班族圍觀著我們，但不敢十分靠近。

『快！』我奮力疾呼，『她還有救！』

人群中有個戴眼鏡、上班族模樣的年輕男子慌慌張張地從身上取出電話，手指顫抖地按著電話按鍵。

松壽路的行人穿越道，此時綠燈亮起。

我輕輕將氣息奄奄的沈兆茂放躺在地上，對男子說：『先生，麻煩你順便報警！』

隨即，我站起身，穿過瞠目圍觀的人群，往馬路對面快跑而去。

——兇手不可能大搖大擺地手持狙擊槍四處逛街。也就是說，槍殺沈兆茂以後，需要拆卸槍枝及望遠鏡，並裝回槍箱之中。他知道我只有一個人，也許會以為我面對瀕死的沈兆茂勢必孤立無援……也許他並不急著立刻離開現場。

如果狙擊者就是『墨鏡』，以他總是露出自負微笑的性格，甚至有可能會一邊收拾槍箱、一邊沉浸在任務成功的欣喜之中。

所以，說不定我有時間可以攔截他！

不。他也隨身攜帶手槍，如果我直接去找他，無非只是去送死。

——必須想個辦法反制！

我跟沈兆茂約在華納威秀影城中庭，完全是偶然的決定。因此，他不可能在我抵達華納威秀之前，事先就知道要來到此處架設狙擊槍。由於我是搭計程車來的，所以，他只可能跟我一樣，搭乘計程車過來。

若他是自己開車就太笨了。當他找到車位趕來時，我跟沈兆茂早就談完了。

——但，為何對方知道我約的人就是沈兆茂？

除非，被跟蹤的並不是我。而是沈兆茂——我僅僅是這起槍擊案的見證人。

這種可能性確實不低。畢竟，我非常確信自己沒有被人跟蹤。雖然我還無法得知，為何『神秘女子』知道我的行蹤？

無論如何，對兇手來說，最方便的跟蹤方式只有搭乘計程車——他可以偽稱警察，要司機跟蹤某輛車。就像我平常的做事方式一樣。

既然隨身攜帶槍枝，意味著兇手隨身帶著一個大手提箱，沒有辦法偽裝成其他東西！行兇過後，對方也得裝得若無其事，設法不引人注意地離開現場。

——有辦法了！

我穿過馬路，直奔右手方向的百貨公司大樓。一位臉著濃妝的迎賓小姐向我鞠躬敬禮。

『歡迎光臨！』這位小姐的眼睛很大，睫毛膏也下滿重的。

『小姐，不好意思……』我故意裝得有些氣喘吁吁，『我是國安局調查員。對面的華納威秀中庭，一分鐘前發生了一件槍擊案。』

她驚訝地說不出話來。我想，她是注意到我身上的血跡了。

『我的同事受了傷，情況相當危急。』我更靠近她，『根據我的研判，兇手還留在這棟百貨公司裡。』

『可是……』

『國安局跟警方很快就會過來支援，但兇手隨時都有可能逃離現場。』我將沈兆茂的皮夾交給她，『我的時間很少，請妳務必協助我。』

染著血跡、留著彈孔的國安局調查員證件，應該很有說服力。

迎賓小姐皺著雙眉。她打開皮夾端詳，血跡弄髒了她的白手套，『這……』

『我知道現在大樓內還有很多客人。』我收回皮夾，『我不會引起任何騷動。』

『……那，我該怎麼幫你？』

『幫我廣播。』我盡量表現得堅決果斷，『內容我會告訴妳，照我說的唸。』

她遲疑地點點頭。『……廣播在這裡，請跟我來。』

這位迎賓小姐起初儘管有些猶豫，不過一旦行動起來，反而給人相當俐落的感覺。她腳步迅速地帶我到一樓的服務櫃台。坐在櫃台前的兩個同事對她微微笑，但一看到我以後，對我有點狼狽的模樣投以好奇的目光。

她帶我一起走進櫃台內，『調查員先生，我要廣播什麼？』

她的兩個同事在一旁聽到我的身分，不由得面面相覷。

『我唸一句，妳說一句。』

『知道了。』

百貨公司裡很快地響起悅耳的廣播聲，覆誦著我所說的話。我希望，這個狙擊手把每個字都聽進去了。

『親愛的來賓，您好。現在在百貨公司裡，有一位行善不欲人知的好人。他隨身攜帶著笨重的醫藥箱，到處幫動物看病。今天下午，他才幫忙一頭鱷魚接生而已……』說到這裡，櫃台的幾個小姐都忍不住偷笑。

『如果你在逛街的時候遇見他，請給他一個微笑，或是一些掌聲。同時，也請別忘了提醒他，鱷魚的飼主說，他後來發現家裡好像少了一條小鱷魚，可能躲進他的醫藥箱裡頭了。也請他務必歸還。』

迎賓小姐重複把這段廣播唸了幾次，一樓化妝品專櫃的小姐們都紛紛望著我們，對這則看似惡作劇的廣播有如看笑話般地議論紛紛。

未久，一名西裝革履的中年男子，快步地走到櫃台前。

『副理好……』櫃台小姐們一齊起立。

『剛剛的廣播是怎麼回事？』中年男子的聲音不太友善。『不會造成客人的困擾嗎？』

迎賓小姐低頭回答，『是這位先生……』

這位百貨公司副理一面聽、一面表情狐疑打量著我。

『您好，我是本樓層的副理。您是？』

『我是國安局調查員。』我的語氣堅毅，『剛剛的廣播，是為了要牽制一名涉嫌槍擊案的歹徒，』我一邊自顧自地點著頭、一邊說：『副理先生，請你立刻聯絡百貨公司裡的保全人員，是否有發現隨身手提大型皮箱的客人。另外還要檢查最近這半小時的監視錄影帶，提供給警方做參考。』

接著，我將呂益強的電話號碼交給他。『這是台北市警局呂益強刑警的聯絡電話，整理過錄影帶、找到目擊者的話，請立刻通知呂刑警。謝謝你的合作……』

我的聲音不自覺地停止了。

不只是因為一樓化妝品專櫃小姐們鬧烘烘的細語聲。跟從眾人的目光，迎賓小姐及樓層副理全都往電扶梯處望過去。

此刻，面對著我、從電扶梯緩緩下來的，就是『墨鏡』本人！

8

站在我身旁、幫了我很多忙的迎賓小姐，緊張地抓住了我的袖口。

『墨鏡』的裝扮與稍早在微風廣場相遇時一樣，只不過右手多提了一只黑色的長皮箱。若不知內容物為何，很容易錯認為某種樂器。

他目不轉睛，視線沒有離開過我。同時，我注意到他的左手，動也不動地停留在西裝外套的深處。

原本自認為掌控全局的樓層副理，此時卻像蠟像般動也不動。然而不止是他，其他人也頓時安靜無聲了。

因為，『墨鏡』的丹鳳眼充滿殺意！

『張鈞見，』他疾言厲色，『你以為你很聰明嗎？』

語畢，他從西裝外套掏出一把手槍，直指著我！

霎時一樓發出許多尖叫聲，看到手槍的專櫃小姐、客人全都低身躲避。我身邊的迎賓小姐也緊急蹲下來，但仍然沒有放開我的袖口。

我倒是沒有特別做什麼反應。

『不要吵！』『墨鏡』的聲音冷酷而威嚇，完全像個軍人。『誰出聲就殺誰！』

他下了電扶梯，朝櫃台的方向一面走過來，一面拉動保險。槍口自始至終對準著我。

我盯著他手上的槍，感覺額頭開始發痛。

『你信不信，』很快地，『墨鏡』的槍已經抵住我的額頭。『我馬上就可以讓你死？』

我不由得微笑了。

『張鈞見，你現在還笑得出來？』他的雙眼圓睜，綻露兇光。我想他一定是個自尊心很高、很容易生氣的軍人。

『暗殺沈兆茂，才是你們真正的目的？』我平靜地問，『為什麼你非得在我面前殺她？』

『墨鏡』在說話時總會露出牙齦，『她的身邊隨時有個同事支援。如果我直接殺她，那麼我很難逃得掉。只有你約她談「修羅火」，她才會稍微支開搭檔，讓你們可以單獨談話——唯有如此，我才能在遠距離使用狙擊槍。』

『她有搭檔？』

『那名男上班族。』

我想起來了。沈兆茂倒地後，在我身旁打手機叫救護車的年輕男子。從他當時顫抖的模樣，我想他一定很難接受搭檔在眼前遭人槍擊。

不過『墨鏡』這麼說，多少讓我放下心來——希望沈兆茂不會成為新的犧牲者！

『現在你想多殺我一個？』

『張鈞見，你既不交出贖款，還強行帶走石克直。非常大膽。我真想一槍斃了你。如果你乖乖待在中庭等救護車……到頭來，你真是喜歡自找死路。』

『對了，我還想再問一個問題。』我繼續說：『你叫什麼名字？』

『你！』

我的眼角餘光，看到樓層副理已經嚇得嘴唇蒼白。他無法理解我怎麼還能跟歹徒玩遊戲。

『如果你不想讓其他人知道，可以說小聲一點。讓我聽到就好。呵呵。』

這句話最後的笑聲，顯然讓『墨鏡』氣炸了。

他將槍口更用力地抵住我。

『不告訴我的話，那我換一個問題。你的槍裡真的有子彈嗎？』

『墨鏡』持槍狠狠地壓制我的額頭，並且猛然扣下扳機。

我想包括『墨鏡』本人在內的人全都呆住了——因為，手槍並沒有擊發任何子彈，僅僅發出喀喀的金屬摩擦聲。

不留給『墨鏡』任何思考的餘地，我伸出左手抓握槍身，同時以全身的力氣朝他的臉部揮出右鉤拳！

『墨鏡』的體格相當壯碩，但此時心存迷惑的他，一下子就被我打倒在地。

他也鬆手了原先提著的槍箱，啪一聲重重地掉落在地板上。

『快，幫忙抓住他！』我跳出櫃台，催促站在一旁的樓層經理幫忙。

但『墨鏡』回神的速度也很快。他起身退後，憤恨地凝視著我手上奪得的槍。

『這樣是殺不了我的……』我說。

然而，他沒有等我把話說完，連狙擊槍箱也顧不了地回身狂奔，奪門而出！

『墨鏡』逃了！

然而我沒有追他。原本擦傷已稍微癒合的手，似乎因為右鉤拳的緣故，傷口又裂開了。

畢竟，我勢單力薄——這個以我自己為誘餌、成功機率本來就不高的臨時計畫，到此結束。

其他人見我沒有追去，也沒有人敢行動。

假使其他人更果敢一點，『墨鏡』也許是逃不了的。但，台北市民通常不是這樣。

在歹徒消失的百貨公司裡，整層大樓依然安靜了許久。

『各位，沒事了！沒事了！』我彎下腰去提取槍箱，『警察很快就會來！副理先生，除了我剛剛交代的部分，還有這個箱子，也麻煩你交給那位呂益強刑警。』

『……是、是。』副理雖然依然驚魂未定，但至少能夠強裝鎮靜了。

『剛剛……那是怎麼回事？』站起身來的迎賓小姐，聲音仍舊有些顫抖。『歹徒的槍竟然壞了……』

我對她眨眨眼，『那只是個小把戲。』

迎賓小姐的表情充滿問號。

事實上，我天生具備特異體質——那是一種類似『第三隻眼』的能力，可以在特殊情況下看見一些別人看不見的『東西』。

不過，我害怕自己的第三隻眼。我希望能夠抑制它。

但，也許正因為擁有這種體質，一年前，發生在南投玄螢館的『超能基因』案中，因為某種因緣際會，我學會了『折彎湯匙』的念力。

聽起來好像是很棒的超能力，其實不然。

坦白說，唯一的用處只能保命。

今天我遭遇到帶槍的匪徒，至少有三次。可是，也只有這次，『折彎湯匙』才派得上用場。必須將槍口抵住我的額頭、讓我專心動念一分鐘以上，手槍內的撞針才能被折彎。其他狀況都沒辦法。我自己試驗過很多次了。

所以我在額頭被槍抵住以後，必須設法沒話找話聊，努力撐過生死交界的一分鐘！

此外，雖然我已經很熟練、很有自信了，但依舊不免會擔心，哪一天我的超能力突然消失，而我卻沒發現……危機解除後，總讓我深有如釋重負、得見光明的重生感。

無論如何，沒有人會希望自己的額頭被槍口抵住！

『調查員先生，』樓層副理客氣地從背後叫我，『保全說，監視錄影帶準備好了。你要不要先過去看？』

我回過頭。同時，聽到外頭傳來救護車的鳴笛聲，漸行漸近。

『我的同事中槍了，』我回答：『我要先出去看看。你報警了嗎？』

『報了。』

『那就好。』我微微揮手致意，往門口走去。

那位迎賓小姐已經站回門口了。她的手套換了一副新的，上頭不再有血跡。

『剛剛……真的很感謝妳。』

『謝謝光臨！』她微笑向我鞠躬敬禮，『張鈞見先生。』

走出百貨公司，看到一輛救護車停靠在對面的馬路邊，周遭聚集了圍觀的人潮。松仁路方向還繼續轉進兩輛警車。

我沒有過馬路。警察已經來了，這裡不再需要我。

走在往忠孝東路方向的路上，我一邊取出手機，撥到ＫＴＶ包廂去。

『鈞見？』

『幫我查件事，』聽到如紋的聲音，我立刻說：『國防部有個叫做魏楨平的官員，我想知道他的來歷。』

『可是，這裡不是辦公室，電話簿我沒帶出門……』

『林小鏡那邊有台Notebook，包廂裡也可以上網。麻煩試一下吧！』

『你很愛找麻煩……』如紋咕噥兩句，『名字怎麼寫？』

『等我一下，』我讓手機夾在肩頭，找出沈兆茂的皮夾翻開來查看。『我找找看。』

皮夾裡的東西不多。雖然皮夾被子彈打穿，但並未嚴重破壞裡頭的物品。

身分證、國安局偵查證、駕照、一些鈔票……以及，一張年代久遠的老照片，是一對男女在郊外的合照。從女人的下巴可以隱約分辨出她是沈兆茂。男人是個外國人。

——約瑟夫．詹森。

照片中的詹森長得人高馬大，與身材嬌小的沈兆茂恰成對比。同樣都是身負國家重任的情報員，結褵後的生活，真實與謊言的比例幾何？

特別引起我注意的是，皮夾裡有一張縮小影印的紙片。

看起來是一封信。

我想，這也許就是沈兆茂性命垂危之際，仍然努力要將皮夾交給我的主因。

天色終於全暗了。我的腳步停留在步道上一盞明亮的路燈下，循著燈光開始閱讀。

信件開頭的稱謂，是一個叫做『巧霖』的女孩子。沈兆茂曾經說，安太爾．馬哈達什在台灣有一個女友，我想應該就是她。

馬哈達什在信中除了為自己隱瞞身分、不告而別的行為道歉以外，還提到一個原因不明的日期——十月十九日，他懇請『巧霖』，當天絕對不要留在台北市。

事實上，十月十九日，就是後天。

——這是一封暗示了恐怖攻擊的『預告信』！

那群恐怖分子，準備在後天下手？

『讓你找，不曉得要找到民國幾年。』許久聽不到我的回應，如紋終於等得不耐煩了，『魏這個字沒問題，沒其他寫法。ㄆㄧㄥˊ，和平、批評、屏東……最麻煩的是第二個字，可能性太多了。鈞見，還有沒有別的資料？』

這個女人真是工作狂！

『這個官員，可能跟中科院核能研究所的計畫有關。像是……「新竹計畫」。』

『還有其他的嗎？』

『他應該認識國安局調查員沈兆茂。』

『知道了。』如紋忖度著，『不過，我得稍微花點時間。』

『林小鏡的情況怎樣？』

『下午又哭了兩次。不過，剛剛吃過東西，現在睡了。』

『石克直呢？』

『他醒了。我讓他跟家裡通過電話。』如紋突然笑了出來，『他說你叫「卉兒」？』

『……是啊。』沒想到『流瀑』還記得這件事。

『喂，你在網路上幹嘛故意男扮女裝？』

『我是為了破案啦……』

聽到如紋的調侃，我的心情不自覺地放鬆下來。

但，此時蕭邦的〈離別曲〉遽然傳出！

『鈞見，』如紋也聽見了手機鈴聲，『不聊了，你自己小心點吧！』

如紋掛斷電話。

剛才我擺了『墨鏡』一道——難不成，『尊師』對我又開始煩惱了嗎？接下來，還會再出現定時炸彈的雙重陷阱嗎？

我取出另一支手機的力道不由得加重了。我按下通話鍵。

『……可以跟你談談嗎？』

不是恐怖分子——而是屢次對我提出危機預警的神秘女子！

9

往北穿過一整區的新光三越百貨街，就會看見好幾塊由鐵皮圍起、正在大興土木的工地。鐵皮牆邊的鐵架構成了騎樓般的通道，有幾個流動攤販在通道邊賣起女性流行飾品。我站在附近的空地上，遙望著人來人往的通道入口。

『當然。』我回答，『我等了很久。』

『你……沒有受傷吧？』

『這位小姐，我很感激妳給了我很多建議。』我稍作停頓，『只是很遺憾。妳所預警的事情，還是全都發生了。我一件都阻止不了。』

『對不起……聽我解釋好嗎？』

『好啊。』我問，『對了，該怎麼稱呼妳？』

『我暫時……不能告訴你我的名字。』

『沒關係。』

『打電話給你的事，不能被發現……我們的通信時間愈短愈安全。』

『怕電話佔線太久，引起他們注意？』

『嗯。』

『那麼現在為什麼……？』

『目的已經達成了，』她說，『他們不會再打電話給你了。』

『他們的目的，就是槍殺沈兆茂？』

『他們認為，沈兆茂手上已經擁有足以將他們定罪的證據。』

『什麼樣的證據？』

『我不知道。』

我陷入思考——也許，恐怖分子們擔心的是那些用來指認嫌犯的檔案照片。但，如果有搭檔的支援，光是槍殺沈兆茂，證據並不會被消滅。還有什麼事，是她的搭檔無法得知的嗎？

『妳跟那群人究竟有什麼關係？』

我彷彿感覺到話筒對面的氣氛一瞬間冰冷了起來。

然而，對方並未直接回答我的問題。『你曾經聽說過「末世基金會」嗎？』

『沒有。』我問，『那是個什麼樣的組織？』

『「末世基金會」是一個公益團體，主要的工作是協助社會邊緣人，重新回歸正常的社會生活。社會上有很多曾經犯過罪的年輕人，儘管法律已經懲罰過他們，但社會依舊不給他們改過自新的機會。』

『妳是說，幫他們找工作？』

『還提供他們暫時的住處，以及電腦或外語的職訓課程。也有心理與生活的輔導。』她深吸一口氣，『事實上，我是基金會的義工。』

我聯想到方嘉荷參加過的心靈成長講座。

『這個基金會，聽起來跟恐怖分子毫無關聯。』

『表面上是這樣沒錯。』

『實質上呢？』

『有很多像我這樣的義工，不只是義務分擔會內的工作，也會主動捐錢給基金會。有些人甚至搬進基金會裡住下來，以便長時間跟大家相處。但……這就是令我害怕的地方。

『為了尋求心靈的平靜、朋友的認同，經常來基金會幫忙，這當然是人之常情。可是……實質上卻有一部分的人是抱著逃避現實的心態才逗留的。

『許多企業為了避稅或提高形象，也會捐給基金會龐大的金錢。有了這樣的支援，他們什麼事都不想做了，天天從早到晚聚在電視前看新聞，批評台灣社會現在的各種亂象，並且發表許多看似充滿理想、實則非常極端的改革意見……好像由他們來規劃，這個社會就可以立刻變好。』

『妳覺得這很危險？』

聽著她的描述，我感覺這似乎是一種政治或宗教上的狂熱。

『我想，這也是尊師對人太過寬容……』聽到這個我倍感興趣的名詞，我咬緊下嘴唇，不讓自己打斷她的話。『尊師總是與人為善，給我們精神上的鼓舞。每當尊師帶著大家修課，一起打坐冥想，我就會感覺內心變得好平靜。』

『尊師是基金會的主事者嗎？』

她的語氣稍有改變，感覺謹慎異常。『尊師是基金會的創辦人。』

『尊師知道那些人的想法嗎？』

『假使知道，尊師絕不會坐視不管。』

若根據這個神秘女子的話，恐怖分子的輪廓已經非常清楚了——他們有狂熱的改革傾向、以末世基金會的財力為後盾，並企圖獲取核彈自重。但，在她的眼中，尊師顯然自始至終是個崇高的精神領袖，根本不可能是恐怖攻擊的主使人。

然而，恐怖分子卻說——這一切都是尊師的計畫。

『可以告訴我，尊師是個什麼樣的人嗎？』

『聽說，尊師早年曾經在耶路撒冷、西藏高原和尼泊爾住過一段時間，在那裡體驗過極端的戰亂以及極端的和平，終於得到證悟。本想在高原隱遁一生的尊師，發現自己生長的台灣一直處於動盪不安，遂決定回來成立基金會，從救助社會邊緣人開始做起。』

千年聖地，還有仙境香格里拉。該有的宗教背景真是一應俱全。

『尊師的名字是？』

『我不知道。尊師說，證悟前使用的名字，現在已經捨棄了。』

『那些人也沒有名字？』

『嗯。在會內都是以尊號互稱。那是為了讓自己與塵世保持一段清明的距離。』

——這種說法，恐怕只對信徒有效吧。我心想。

『為什麼妳要幫我？』

『我……我只是想幫我自己……我希望基金會裡，不要出現那麼殘暴的事。就算是貫徹尊師的理念，也絕不能採取激烈手段。我想，會裡一定也有許多人，與我有同樣的想法。這也是唯一我對尊師能做的。』

原來如此。縱使是濟世救人的公益團體，內部也分為鷹派與鴿派嗎？

就她看來，這些恐怖分子是自行決定策劃奪取核彈的；但，恐怖分子本身，卻宣稱這一切都是尊師的計畫。目前還無法判斷，哪邊的說法是對的。

『那麼，妳為什麼不報警？』

『他們當中有人是警察。』她慎重地解釋，『我害怕……會被他們發現我報案。』

這個說法算是合乎邏輯。因為他們也曾威嚇過我，說他們在警界有眼線。

『那我真是十分榮幸。』我輕嘆一聲，『妳希望我能夠阻止他們？』

『我……我不知道還能相信誰。』

『從先前妳跟我聯絡的情況，』我改變話題，『我想妳對他們的計畫知之甚詳？』

『……算是吧。』

『是方嘉荷協助他們綁架了石克直？』

『對。』

『那麼，方嘉荷也是恐怖分子？』

『我不知道他們是用什麼理由說服方嘉荷的。但方嘉荷並不是他們的其中一員。』

『他們綁架石克直的原因，是為了他潛意識裡前世的ＦＢＩ？』

『應該是。』

他們發現參加基金會講座的其中一名聽眾，在任職的補習班裡恰好有一個學生，他的前世是掌握台灣核武機密的ＦＢＩ。於是，他們說服了那位聽眾，一同綁架這個學生，以取得核武……

案情調查至此，這個解釋已經變得毫無說服力了。

最重要的是，恐怖分子盯上『第二方案』，並非石克直被綁之後的事。早在今年四月的蘭嶼核廢料儲存庫竊案之前，就已經佈局許久了。

——到底恐怖分子綁架石克直的目的是什麼？

——除非，除了核武機密之外，他們還需要詹森告訴他們其他的事。

『方嘉荷現在還活著嗎？』

話筒裡出現了一陣漫長的沉默。

『在他們的計畫中，我想，她……』對方有點說不出口，『她……可能已經不在了……為了逼你去找沈兆茂見面，他們認定非這麼做不可。』

同理可推，李英齊也喪生了。我的腦海忽然浮現林小鏡的臉。

『這位小姐。』談話至此，我決定提出最後一個疑點，『妳真的是末世基金會的義工？』

『我……我不懂你的意思。我希望我可以獲得心靈的平靜……』

『但是，妳的所作所為真是超乎我的想像。假使只是單純的義工，即便這個基金會真的打算進行恐怖攻擊，依妳的層級，也絕對不可能知道他們的計畫內容。』

她不發一語。

『我一開始問的問題，妳並沒有回答我——妳跟那群人究竟有什麼關係？』

『這……我……』

『妳就是他們的其中一員，是嗎？』

神秘女子的呼吸急促起來。

『為了阻止他們的惡行……我必須背叛！』

10

不知不覺，暗沉的空氣中漸漸予人濕冷的感覺。

也許是熱門電影適才散場，我的身邊經過幾群興奮地討論著故事情節的年輕人，使我得將手機壓緊在耳朵上，才能聽見神秘女子模糊而又細微的聲音。

『加入基金會的義工行列後，』她的聲音有些哽咽，『那是我第一次作了惡夢。我夢見開槍的人不是別人，而是自己……』

『那是怎麼回事？』

我靜待她回答。

『……他們不但挪用基金會的錢購買槍械，還在中東戰亂頻仍之時，屢次假借海外救助的名義，結合當地的恐怖分子進行軍事訓練。此外，為了掩飾他們的秘密行動，甚至高價僱用中東人來台，企圖混亂國安局的情資系統。』

『是那個失蹤的安太爾．馬哈達什？』

『你知道？』

『沈兆茂告訴我的。』

『安太爾只是一顆棋子，』她說：『在他任務達成以後，就立刻被殺了。當時，我……我也在場……他也只不過……是個想改善生活的可憐青年。』

『那麼，安太爾的那封信……』

『那是他在被槍抵住頭的情況下，被迫寫的信。他們還偽裝成經常去蘭嶼旅遊的夫妻，把信給了安太爾的女友葉巧霖。他們調查過葉巧霖，知道她一定會去。然後，這封信就會流入一直在追蹤核廢料失竊案的沈兆茂手上。』

『為什麼他們要這麼做？』

『讓沈兆茂判斷錯誤。』她停頓了一下，才說：『核彈引爆的時間，並不是十月十九日。』

『不是後天？』

『是明天，十月十八日！』我感覺到對方的情緒非常緊張。

『在明天的什麼時候，妳知道嗎？』我問。

『午夜零時。』

我深吸一口氣，『那麼，如果他們的計畫進行順利——距離引爆，只剩不到六個鐘頭了。』

『我的心情很矛盾……唯有沈兆茂死亡，他們才不會再打電話給你。這樣，我才能告訴你實情，把握僅有的時間去阻止他們的計畫。我竟然，會希望你跟沈兆茂早點見面……』

我頓時明白了。換句話說，石克直的前世並不是約瑟夫．詹森——他根本沒有前世。石克直之所以被綁架，其實是因為恐怖分子想要『植入』約瑟夫．詹森的意識到他的腦內。這才是方嘉荷對恐怖分子來說，僅有的價值。

今天中午，第一次進入ＫＴＶ包廂，是約瑟夫．詹森唯一出現的一次。正是那時，從他的口中說出沈兆茂的名字。

我在微風廣場天台上所發現的注射針筒，也許就是用來裝填控制石克直意識的藥劑。當然，恐怖分子自己也使用那些藥劑，可能是迷幻藥一類的東西吧。

但，我與沈兆茂真正見了面，卻是在我調查了微風廣場天台、爆炸案發生以後的事。

恐怖分子必然希望我一聽到沈兆茂的名字後立刻去找她。然而，倘若如此，對恐怖分子而言等於是完成任務的我，會不會因而死於爆炸案？

一旦我相信了詹森的存在、聽到了沈兆茂的名字，方嘉荷的任務就達成了。至少可以確定的是，方嘉荷死於爆炸案的機率非常高，因為她自始至終都相信恐怖分子。

總之，面對恐怖分子龐大的組織與細膩的計畫，如果不是石克直在藥物的控制下提早甦醒、李英齊與林小鏡拔刀相助的介入，以及現在這位身分神秘的小姐協助——

我定然如同安太爾．馬哈達什、沈兆茂一般，成為任他們擺佈的傀儡。

『那麼，妳希望我怎麼幫妳？』我沒有時間再細思了。『我認為，這才是妳打這通電話的主要目的。』

『沒錯。』

『但是，如果不能夠通知警方，我能幫的忙非常有限。』

『絕對不行。』她說：『只要警方一知道，一定會派出大批人馬進行偵查，他們也極可能馬上接到密報。這不是警方有辦法幫的忙。我認為這件事，只有你一個人可以。』

『是什麼事？』

『幫我——從他們手上偷走核彈！』

雖然曾經看過『斷箭』一類的好萊塢電影，但我仍不由得有些質疑，『……真的做得到？』

『絕對可以。』神秘女子顯然信心十足，『只要你能潛入我們的基地，我可以接應你。』

『你們的基地在哪裡？』

『我還沒辦法查出他們究竟把核彈藏在基地的哪裡。必須再給我一點時間進一步調查。等我一切準備就緒，我就會告訴你基地的位置。』

我思索了一會兒。

『我偷到核彈之後，可以直接交給警方？』

『當然。只要沒有核彈，他們無論進行什麼計畫都沒有意義了。儘管通知警方來逮捕他們。』

『那妳呢？』

『你必須帶我一起走。』神秘女子回答，『只要核彈被偷，我背叛的事一定會被他們發現。他們不可能原諒我的。我必須活下來，揭發他們的種種惡行。』

『我明白了。』

『一找到核彈的所在地，我就會立刻打電話給你。』

談話至此，我與神秘女子的對話於焉結束。結束通話的手機，在我的手掌上微微發燙。

對神秘女子來說，她的目的是奪取核彈，阻止恐怖分子的計畫。

但對我而言，在澄清了一部分謎團的同時，新的謎團也隨而浮現——

如果恐怖分子是利用催眠或心靈控制一類的技術，讓偽造的約瑟夫·詹森出現，這就意味著恐怖分子認識詹森，甚至也可能利用了詹森的情報，竊得蘭嶼核廢料儲存庫的鈽金屬。

那麼，詹森與末世基金會之間又有什麼關係？

詹森與沈兆茂在美國與台灣之間的情資角力之下仍能約定終身，詹森應該不可能主動提供情報，讓恐怖分子去暗殺沈兆茂。

沈兆茂依然深愛著詹森，這也是我可以確定的。

然而，沈兆茂並沒有告訴我，她跟詹森後來怎麼了。

——他們是在什麼情況下分離的？

——詹森與尊師的關係是？

這些問題的答案，恐怕只有國防部的官員魏楨平才能告訴我。

11

避開忠孝東路的方向，我請計程車司機沿基隆路往北前進。

基隆路似乎也受到爆炸案的影響，車流量相當壅塞。但，這是從市政府前往內湖區的直線路徑。

根據如紋所查得的消息，魏楨平在今年四月退休，目前住在民權東路的新興住宅區。這個時間點引起了我的注意，因為今年的四月，正好是蘭嶼核廢料儲存庫發生竊案的時間。

這似乎更證實了沈兆茂的說法——魏楨平與『第二方案』息息相關。

如紋使用了沈兆茂的名義，說自己是國安局的秘書，與魏楨平通了電話。據說魏楨平聽了以後，並未考慮太久隨即答應與我見面。

我想這是理所當然——『第二方案』曾經由他負責。

『張鈞見，你終於打電話給我了。』然而，我在計程車上必須先聯絡呂益強。『你真的很會拖時間。』

話筒裡傳來他扯開喉嚨大喊的聲音，以及嘈雜的車輛引擎、喇叭聲。

『呂益強，你現在不在爆炸案現場了？』

『香榭國城』大樓的周邊道路都由警方封鎖，是不可能傳來車輛引擎聲的。

『我在華納威秀影城。』

『真巧，我剛從那裡離開而已。』

『國安局調查員沈兆茂的槍擊案，以及稍後發生在對面新光三越百貨公司的槍擊未遂案，都跟你有關嗎？』

『是啊。』

『張鈞見，你找麻煩的功力一流的。』呂益強的語氣似乎不太開心，『你現在人在哪裡？』

『我在計程車上。』

『不要再跟我打哈哈了。你到底要去哪裡？』

『不能說。』

呂益強並未放棄他原來的堅持，『我再一次請你跟警方合作，可以嗎？』

『我不能冒險。目前我只能相信你一個人而已。』

『這句話的意思是暗示我，目前也只能相信你一個人而已嗎？』

『是的。』

『可是，你去過的地方，後來都陸續發生事件，但最後收拾殘局的都是我。』

『我答應你，以後盡量少惹一些麻煩，好嗎？』我沒有時間再跟他抬槓了，『呂益強，你那邊查得怎麼樣了？』

呂益強沉默了一會兒。

『首先是「香榭國城」的大樓爆炸案，』我以為他在生氣，原來是在翻筆記本。『消防大隊將大火撲滅後，與警方一同進入火場勘驗。爆炸中心，確定在四樓兩家補習班的其中一家。這家補習班開了半年多，日前曾經遭到竊賊入侵破壞，所以當時正在進行裝修，暫停營業。我想，歹徒才因此有機可乘。

『這跟廖氏徵信社那棟大樓二樓的購物中心，化妝品專櫃A7的情況如出一轍。』呂益強解釋，『我們研判，歹徒在這兩個地方，都是先進行破壞，然後再佯裝成水電工程公司人員進行整修，並且埋設C4塑膠炸藥。』

『那家水電工程公司是什麼來歷？』

『是很正常的公司。』呂益強回答，『歹徒只是偽造了他們的公司制服，再次進行入侵裝置炸彈。』

『所以，兩個地方委託同一家水電工程公司進行整修，這是巧合嗎？』

『倒不能這麼說。那家公司並不小，我想那些歹徒應該打聽過，才會以它為掩飾。微風廣場的情況也是如此。』

根據呂益強的說法，這條線索算是斷了。

『關於購物中心整修區裡的C4來源，有沒有什麼線索？』我改變話題。

『我們在整修區裡發現了一些可疑的指紋。』

『該不會都是我的吧？』我問。

『我可以很確定的告訴你，不是你的。我有你的指紋，可以進行比對。』

『我不記得我曾經給過你這種東西。』儘管我曾經屢次被呂益強當成嫌犯，但卻從未被警方要求採指紋。也許，用採指紋的方式來找嫌犯，並不是呂益強慣常的做法。

『你怎麼會有我的指紋？』見呂益強不答，我再問了一次。

『今天下午，你到爆炸案現場，說是有線索，對吧？』

『嗯。』

『然後，我們進了旁邊一棟公寓的管理員室。』

『再來呢？』

『然後，我拉了一張椅子給你……』

原來如此！『呂益強，你採了我無意間留在椅背上的指紋？』

『對啊。』

『你這是早有預謀嗎？』

『倒不能這麼說……』呂益強閃爍其詞，『我只是突然想到而已。』

總而言之，他真是警界裡的危險人物！

『好吧。那麼，整修區裡可疑的指紋是誰的？』

『一個叫傅津驊的人，台南人，現年二十七歲。』呂益強說：『海軍陸戰隊中士退役，由於擅長爆破技術，屬於列管人物。但，目前我們沒有辦法找到他。據他家人說，他上台北來找工作，有很長一段時間不太順利，只能靠消耗退伍金度日。現在也不跟家人聯絡了。』

『傅津驊退伍的原因是？』

『據說，他對部隊僵化的行事規範非常不滿，曾經揚言要炸掉海軍司令部。因為出言不遜，他關過很多次禁閉，不過倒是沒有真的這麼做過。最後，海軍不要這個大麻煩了，勒令他退伍，大概是想把問題丟給警察囉。』

神秘女子所說的末世基金會，成立宗旨似乎就是收容這類的社會邊緣人。傅津驊很可能就是在找不到工作、走投無路之餘被基金會吸收。

傅津驊的爆破技術，自然就用在這裡了。

『那麼……爆炸案有人生還嗎？』我的心臟開始急促地跳動著。

『沒有。』呂益強長嘆一口氣。『大樓裡沒有任何生還者，全部都罹難了……』

『這麼說，方嘉荷跟李英齊……』

『警方在補習班的辦公室裡，找到她的屍體。雖然她的屍體整個被埋在瓦礫堆中，但並未遭到太嚴重的破壞，家屬也來指認了。沒錯，就是她本人。所以，你的「金蟬脫殼」詭計之說，我想是可以否定了。』

『李英齊呢？』

『至於李英齊……』呂益強的聲音變得艱難，『沒有辦法找到他的屍體。』

『為什麼？』我的心底揚起一絲希望。

『根據消防人員的說法，爆炸中心的Ｃ４數量，多到……』

呂益強終究無法把話說完。

『是嗎？』

『李英齊不可能像其他罹難者那樣，可以找到完整的屍體。』

話筒中出現了一段漫長的靜默，聽得到的只有川流不息的車輛引擎聲。我們不發一語，像是在為李英齊短暫匆促的生命、以及他犧牲前所表現出的最後一份勇氣，緩緩地哀悼著。

『張鈞見，你覺得李英齊是個怎麼樣的人？』

『我覺得他喜歡逞強。』我努力讓聲音不帶著太多情感，『尤其他在崇拜他的女孩子面前，更是如此。想不到，他也是因為這樣的個性而死。』

『他的逞強，有一部分的原因是因為你。』呂益強反問：『你知道嗎？』

『我不知道。』事實上，我不能說我完全不知。

『李英齊把你視為競爭者。他曾經幫過市警局很多忙，都是一些關於網路犯罪的案件。有一次結了大案，警方的慶功宴也邀請了他。那時他跟我說，他嚮往能成為貨真價實的偵探，他認為他可以做得……比你更好。』

『我想，他是為了林小鏡。』

這似乎是首次我跟呂益強談這種事。

『林小鏡是很重要。但，李英齊比你想像中的要更冷酷一些。我認為他看待兇案，比看待林小鏡更重要。李英齊喜歡林小鏡沒錯，但林小鏡只是他的觀眾，卻不是他的歸宿。這就是他學習拆炸彈、強出頭的原因。』

『呂益強，你為什麼非得這麼淡漠地分析李英齊不可？』我問。

『這或許是因為……』呂益強語氣維持著平靜，『用這麼淡漠的方式來談他，會使我好過一點。』

李英齊的死亡，使我們再次靜默了好一會兒。我很少遇見呂益強這麼感性的一面。

而我，則勢必去實行跟李英齊約好的事。

『關於爆炸案，警方目前只能查到這些。』一貫冷靜的呂益強，還是先開口了。『此外，你曾經提到方嘉荷參加過的心靈成長講座——我從她的母親那裡，並沒有問到相關的線索。方嘉荷並沒有讓她的家人知道那是什麼講座。』

『沒關係，』我回答：『這部分我查到了。舉辦心靈成長講座的組織，叫做末世基金會。傅津驊很可能也是被這個組織所吸收。』

『末世基金會？』呂益強說：『這個團體我聽說過。但，就我所知，這是個做公益很積極、相當有使命感的小型公益團體。尤其是基金會的創辦人，更是德高望重……』

『創辦人是誰？』

『他的名字叫丁光業，據說是個充滿傳奇的人物。不過，上次我去那個基金會時，並沒有見到他本人。』

呂益強的回答令我相當意外。『你為什麼去那裡？』

『是為了一件失蹤案……』呂益強突然住了嘴，沒有往下解釋。未久，他又繼續說：『我想起來了，張鈞見。你跟國安局的調查員沈兆茂見面，難道跟那件失蹤案有關？』

『什麼失蹤案？』

『一個來台灣讀大學的中東人失蹤了。國安局委託台北市警局協助調查，但沒有說明原因。我當時不能理解，只是一個僑生失蹤，為何引起國安局的關注……所以說，今天下午的C4恐怖攻擊，國安局也早有所知，是嗎？』

呂益強的反應也太快了吧！

『呂益強，我說啊，你可不可以不要過度推論？』我設法招架他的追問，『總之，末世基金會跟恐怖攻擊有關，這是錯不了的。其他的事，等我查清楚以後再說明吧。』

『你還是這麼神秘兮兮。不要緊，等沈兆茂醒了，我會設法問她。』

『沈兆茂沒事了？』我不由得鬆了一口氣。

『她的同事懂急救，救護車也來得夠快。她暫時脫離險境了。』

『那就好。』我繼續問，『針筒的事情呢？』

『針筒裡殘餘的液體，是類似ＬＳＤ的迷幻藥。不過，詳細的成分目前尚不清楚，根據鑑識組的報告指出，裡面有一些罕見的化合物。

『至於微風廣場的天台，警方趕到時已經來不及了。不管曾經有過什麼東西，現在都被收拾得一乾二淨了。』

『他們非常有效率，做事絕不拖泥帶水。』我補充，『不過，我在新光三越百貨這邊，設法拖住了其中一名恐怖分子，也就是槍殺沈兆茂的嫌犯。

『我想，可以從百貨公司的監視錄影帶來鎖定嫌犯的身份。他的槍法非常高明，我差一點被他殺了。』

『我現在就要過馬路去查這件事。』

『請你快點抓走這個人。他已經錯過好幾次幾乎能殺了我的機會。』

『我會的。但是，』呂益強說：『張鈞見，我要告訴你——你再繼續用這種方式辦案，很多人都有機會殺了你的。』

12

拜新興的科學園區所賜，內湖區馬路寬敞，現代感十足的住宅大樓林立。然而，舊式的建築仍然夾雜在新建大樓之間，顯得有些不協調。

時值傍晚，瑞光路上科學園區的各幢大樓依然亮著顯眼的辦公室燈光，相對於敦化南路的笙歌飛舞的不夜城，這一區彷彿就像一座不曾休憩的不夜廠。

與呂益強結束通話後，我平靜地閱讀著馬路旁一閃而過的絢麗燈道。

下了計程車，我依照如紋所給的住址，以步行的方式尋找魏楨平的住處。

一點都不難找。魏楨平住的地方在一座剛落成的豪宅社區裡。光看社區大樓入口壯麗的規模、管理員的陣仗，比起我那些有錢的委託人不遑多讓。退休生活能夠養得起這麼棒的華屋，可以想像得到魏楨平這輩子對國家的貢獻良多，而政府也對他非常慷慨。

——前提是，假使這一切都是政府給的。

廖叔最喜歡接有錢人的案子，並非毫無理由。首先，有錢人之所以有錢，通常都是因為對金錢堅持到底。錢確實能做很多事，而這樣的堅持也確實很有意義。

不過，一旦發生有錢也解決不了的事情，有錢人多半變得非常焦慮。因為這完全違反他們的精神指導原則。此外，堅持到底的理念也會跟著受挫。倘若能夠把事情解決，對他們來說，是無價的。

這是有錢人最脆弱的時候。

比方解決病痛、返老還童……這是再有錢也解決不了的。像醫生這個行業，就是看準這點狠狠下手的。廖叔說，偵探則是屬於解決有錢人精神病痛的行業。

到這邊為止，我並不反對廖叔的意見。

不過，偵探也是人，自己也會有某種精神病痛——例如，遇到為謎團所苦的朋友，心中就會生出一股無償解謎的渴望，急待解決。同樣的，有些醫生也願意義診。

正當我還坐在會客室裡思索廖叔會用什麼說法來反駁我現在的論點之際，一位髮色灰白、衣著講究，戴著金框老花眼鏡的長者，跟在管理員身後走進房內。

——是魏楨平。

他禮貌地對我點點頭，沒有微笑。

我從昂貴的沙發上起身，『魏先生您好，我是張鈞見。』

『張先生，請坐。』確認過管理員離開了會客室，魏楨平才說：『聽說，你是為了沈兆茂小姐的事來找我？』

『是的。』

『如果你是為了我在國防部任內工作的事情而來，那麼就請回吧。』

『魏先生，沈兆茂女士請我一定要來找你。她有話想要轉達。』

『我已經為那件事自行請辭了。』魏楨平嘆了一口氣，目光從我身上移開。『我希望，我的生活可以平靜一點。你請回吧。』

我看著魏楨平，沒有再回應他的要求。我非常確定，魏楨平的態度只是裝腔作勢，他根本沒有趕我走的意思。我認為，他的拒絕只是在試探我的手上有沒有王牌。否則他沒有必要見我。

只不過，我還不清楚哪件事情對他來說是王牌。

儘管魏楨平的臉色表現得相當不耐煩，但卻絲毫沒有拂袖離去的打算。

『魏先生，沈女士請我來，並非為了公事。』忖度了一陣子，我決定這樣開口。『她想要跟你請教約瑟夫．詹森的事情。』

『這是一個我很久沒有聽人提起的名字了。不過，如果是為了詹森，沈兆茂可以自己過來。根據我對她的瞭解，她不會找一個陌生人來幫忙談私事。』

「其實，她今天傍晚遭人槍擊，目前還在醫院接受治療。」

魏楨平的臉色遽然變了。但是，他很快地恢復鎮定，並且自以為沒有被我發現。他不知道我是個偵探。而且，是喜歡說謊的那種。

「而且，她尚未脫離險境。」

『……是嗎？』魏楨平鎮定地說：『這兩天我一有空，就會去探望她。』

『魏先生，你不關心兇手是誰嗎？』

『我當然關心！』他金框眼鏡後的雙眼瞪了我一下，『兇手已經抓到了？』

『還沒有。不過，警方已經鎖定了嫌犯的範圍，相信兇手很快就會落網的。』

『這樣就好。』

魏楨平暫時沉默片刻。『那麼，她為什麼是請你過來？』

『她遭到槍擊的時候，我正在跟她談事情。』

他挑動眉尖，『可是，詹森已經回美國很久了，為什麼在這個時候……』

『詹森畢竟曾經是她的丈夫。也許沈女士擔心自己撐不過去，所以希望能請你幫忙找到詹森，至少能見到最後一面。』

『張先生，那我就不懂了。為什麼沈兆茂認為我知道她的丈夫現在在哪裡？』

我微笑地看著他——魏楨平這隻老狐狸，馬上就要被我抓住尾巴了！

『這跟我們當時所談的公事有關。』我問，『魏先生，我很願意告訴你原因。但是你剛剛說，只要我談公事，你就不想談了……』

魏楨平表情嚴肅地哼了一聲。

『另外，我剛才說沈兆茂尚未脫離險境，你卻說過兩天就會去探望她。一個隨時都有生命危險的人，哪有辦法等你兩天呢？』

『你到底想說什麼？』

『在我看來，沈兆茂有沒有生命危險，對你而言恐怕不是最重要的事。魏先生，你關心的應該是她的槍擊案吧？』

『我不知道你在暗示什麼！』

『魏先生，如果你願意聽我把話說完，不要再分什麼公事私事的，你就會明白我的暗示。』

魏楨平沒有看我，『要說就快說！』

『首先，我要重新表明我的來意。我知道「第二方案」的存在，而且也知道有一個恐怖分子組織對它興趣濃厚。總之，我希望可以阻止那些恐怖分子的行動。』

『恐怖分子的部分我知道，那是沈兆茂一直在查的事。』

『但，你可能不知道——恐怖分子很快就會展開行動！』

魏楨平深吸一口氣，扶了扶鏡框，沒有答腔。

『四月份的蘭嶼核廢料失竊案，讓沈兆茂認為有人洩密。魏先生，你也因為這件洩密案而提早退休，對吧？』魏楨平看了我一眼，但並未提出抗議。『不過，沈兆茂自始至終都相信你——她只是希望能從你的口中得知，你曾將這個機密告訴哪些人。她自己會去追那些人的。

『就她所知，除了「第二方案」的研發人員以外，知道這個機密的不超過五人。包括詹森。而且無人知道計畫的全貌。還有一點，我認為更重要的是，二十年以前就已經不在台灣的詹森，絕不可能會知道「第二方案」的現況。

『假使那些恐怖分子，知道詹森的存在，也知道如何偷竊蘭嶼的核廢料——那麼，只有三種可能。第一種可能，是詹森依然持續緊盯「第二方案」，但這不可能。因為詹森這麼做，負責ＳＹＲ的妻子沈兆茂一定能馬上鎖定。

『第二種可能，是恐怖分子認識詹森，也認識另一個知道「第二方案」現況的人，並且把這兩種情報混合在一起，偽稱是詹森說的。

『第三種可能，是有一個知道現況的人定期告訴詹森，而恐怖分子只認識詹森。這樣一來，恐怖分子才可能既有辦法利用詹森的名義散佈假情報，又能竊得蘭嶼的鈽廢料。

『無論詹森的名義是如何被恐怖分子利用的，後兩項可能性，至少都必須存在一個知道現況的人……』

魏楨平忽然大笑出聲。

『所以，你認為那個知道現況就是我？』

『你似乎非常關心槍擊案。這是否意味著你早有心理準備，認為沈兆茂再度執行ＳＹＲ，有一天必定會發生生命危險？你是不是在擔心，如果沈兆茂真的懷疑了你……』

魏楨平站起身來，將視線投向會客室裡一幅抽象畫名作。但我不記得畫的名字。

『張先生，你真是個聰明人，有辦法套出我的話。』

『謝謝你的誇獎。』

『然而，實情並非你想像得那麼單純。』魏楨平長嘆一口氣，『我不是洩漏國家機密的間諜，也不是沈兆茂槍擊事件的幕後主使人。沈兆茂確實懷疑過我，但她所知道的「第二方案」，也絕非全貌。坦白說，她終身守護的「第二方案」，已經不存在了！』

魏楨平的話使我有些意外。

『為什麼？』我從沙發上傾身追問。

『「第二方案」這個計畫，設計先天不良，研發團隊既不是最頂尖的人才，也得不到美國的技術奧援，只能埋頭苦幹。限定時間的自立自強，終究是個達不到的空頭夢想……

『張先生，第一顆核彈問世至今，已經超過六十年了。到現在，核武俱樂部的大國們，哪一個國家會希望新成員的加入？台灣是決計不可能獲得任何幫助了。與其發展核彈，不如設法趕上當前的潮流，去發展網路炸彈、基因炸彈，也許在未來還有機會成為可用的國防資源。

『那些核武專家們，儘管能夠靠不斷的試誤來增加技術及經驗，但他們卻沒有辦法逃脫生老病死的生命定律。這個最高機密的計畫，既不允許加入新成員，以預防洩密風險；新一代的研究人才，對國家也不再懷有那麼高的使命感了。

『這就是時代變遷的力量——人類所信仰的價值觀，並非一成不變。到最後，「第二方案」只剩下空殼，純粹保留核廢料儲存庫的定期運送而已。挖空了整座山所建造的研究所，堆積如山的只有難以提煉、充滿劇毒以及放射性的萬年垃圾。』

魏楨平的話，給人一種異常而絕望的消極感。

『但，「第二方案」既然已經停止運作，為何要保留核廢料的運送？』

『這就是國際政治的玩法。美國為什麼一開始要給台灣核武技術？因為可以讓中國有所忌憚。但在最後一刻美國又為何收回？因為美國不希望台灣脫離掌控。同樣的，台灣必須有所暗示——我儘管目前沒有核武、但隨時都可以宣佈擁有核武。』

『魏先生，對你所說的國際關係，我並不瞭解。』我將話題拉回原點，『無論如何，總有人洩漏，恐怖分子才會知道這些機密。』

『我明白，你關心的只有洩密者的身分。』魏楨平回答，『好啊，沒問題。我現在就可以告訴你——他的名字叫做顏治穆。』

『顏治穆？他是誰？』

「他是約瑟夫．詹森的朋友，也是「第二方案」研發團隊的主持人！』

13

魏楨平走到會客室門口，確認門把的喇叭鎖頭已經鎖住。

『張先生，接下來我要說的話，你可以當作是一個退休老人退休後窮極無聊，在精神錯亂下的自言自語。沒有人可以證明我講過這些話。離開了這個房間，我也會全部忘掉的。』

『我瞭解。』

『「第二方案」為了迴避美國的監控，光是湊足一個研發團隊便吃足苦頭。』魏楨平坐回沙發，『當時的核武專家，全在美國人掌握中。最後，終於找到一個在美國研究核能物理、卻半途而廢的學者——就是顏治穆。

『顏治穆之所以半途而廢，並非能力不足，而是健康狀況急速惡化。他有糖尿病、高血壓，肝臟也因為酗酒而動過好幾次手術……這樣的人，卻是台灣國防最高機密的負責人。真是荒謬極了。

『然而，他在思想上沒有疑慮。我們先安排他詐死——肝臟移植的手術失敗，再送進研發中心。但是這項連他的妻子與女兒都被蒙在鼓裡的安排，卻逃不過美國人的耳目。美國立刻派了顏治穆的大學好友——那就是約瑟夫．詹森——偽裝是商務駐台，假稱要照顧顏治穆的妻女。事實上，詹森雖然的確是顏治穆的朋友，但他已經被ＦＢＩ吸收了。

『國安局也派了調查員沈兆茂，藉以牽制詹森——他們甚至結了婚，也生了小孩，看起來是一樁非常美滿的異國婚姻。事實上，根據沈兆茂的情報指出，詹森的心裡的確有所動搖，對於孤苦無依的顏氏母女產生了同情心。

『後來，「新竹計畫」畫下句點，美國人總算鬆了一口氣，詹森也被認為沒有必要繼續留在台灣，隨時都會返回美國。另一方面，詹森想用「第二方案」可能存在的藉口繼續留在台灣，但並未獲得美方認同。

『詹森回到美國時，帶走了顏氏母女，留下沈兆茂以及兩個親生小孩。我想，這是他們夫妻倆的停戰協議——為這場爾虞我詐的間諜遊戲一起負起責任。

『原以為「第二方案」終於不再受美國懷疑、可以順利進行之際，顏治穆卻出現精神異常的症狀。事實上，長期處於缺乏資訊的封閉空間中，又承受強大的研發壓力，「第二方案」的每個研發人員多少都會如此……』

魏楨平面帶痛苦地閉上雙眼。

『但，顏治穆的情形特別嚴重。因為，在當時全部由一群愛國青年組成的研發團隊中，他是裡面少數有家室的人，更何況，他肩負計畫成敗的重擔。

『顏治穆開始懇求我，說他想見妻子、女兒一面，否則，他無法繼續進行研究！這項要求令我輾轉難眠——顏治穆仍然活在世上的秘密一旦曝光，勢必會被詹森發現，進而使美國重新正視「第二方案」的存在事實……然而，若不應允顏治穆，「第二方案」恐怕就此停擺！

『無論如何，讓他離開研發中心，這是絕對不可能的事——所以，他不可能見到妻女。起初我是這樣回答顏治穆的。於是，他轉而請求讓他與妻女通信。

『我的心裡開始躊躇。「第二方案」進度嚴重延誤，我必須設法解決。我決定偽造顏氏母女的信件給顏治穆，但他很快就發現破綻。最後，我沒有別的辦法，只得認真去尋找住在美國的顏氏母女。

『想不到我一調查，就發現當時顏氏母女並未住在美國。詹森也不在美國。

『那時，美國認為中東地區的交戰國家，均有發展核武的可能性，遂將詹森派任到中東去，而顏治穆的妻子也因為水土不服，已經病逝伊朗了。

『我設法弄到幾張他女兒的照片，顏治穆總算定下心來繼續研究。但，不多久就再度要求我，讓他跟女兒通信，我最後也答應他了……總之，我的所作所為，真的非常危險，這完全是洩漏國家機密的重罪。』

魏楨平講了許多話，表情既沉重又疲憊。

『那麼，「第二方案」的事，曾經出現在他們的秘密通信之中嗎？』我問。

『完全沒有。』魏楨平有氣無力地回答，『事實上，根本不需要。假如讓詹森知道顏治穆寫了信給女兒，詹森自然有辦法查出其他部分。』

『但是，詹森查出來的事情，是如何流入恐怖分子的手中呢？』

『我不知道。』魏楨平說：『但詹森是一個優秀的ＦＢＩ探員，他不可能洩漏。』

『那麼，詹森現在還活著嗎？』

『從頭到尾，我都不知道他人在哪裡。事實上，他在中東出任務，但已經失蹤很久了。』

『你覺得他已經死了？』

『也許。』

『魏先生，』我追問另一個問題，『為什麼你會說「第二方案」已經不存在了？』

『就是因為今年四月的核廢料失竊案。』魏楨平慘然苦笑一聲，『當然，我馬上成為洩漏機密的重要嫌疑犯，接受了國安局的偵訊。

『但，知道自己才是始作俑者的顏治穆，卻在同時立刻銷毀了所有的秘密通信，也包括我給他的那幾張他女兒的照片，然後在沒有穿著防護衣的狀態下進入鈽金屬處理室，自殺身亡了！』

聽到如此決絕的自殺方式，我不由得屏止呼吸。

『顏治穆的自殺，難免引起揣測。不過他在遺書裡，只提到自己研究不力、有辱使命，才決定以死謝罪。由於計畫主持人已經死亡，研究人員勢必重新編組——但，注意到這件失竊案的美國，認為內情並不單純，立刻施予強大壓力。最後，在美國的壓力下的政府，重新評估繼續執成的可行性後，終於決定將「第二方案」完全中止了！

『儘管在名義上我為了核廢料的失竊主動請辭，但為了維持國防上的情報優勢，運送核廢料至研發中心的工作仍然沒有停止；國安局的沈兆茂，也在不知情的情況下，依照既定的處置程序重新啟動ＳＹＲ……』

『所以，你早就知道她會出事？』

『假使她真想追回那些核廢料，真正的竊賊一定不會放過她！』

『但是，你竟然不願意告訴她顏治穆的事？』

『張先生，』魏楨平的臉孔扭曲，『你可以在這麼華麗的豪宅看到我，一切都是拜「第二方案」的中止所賜！政府給了我這麼優渥的退休金，讓我住在一個管理森嚴的地方，其實是想要封住我的嘴巴！我必須裝作什麼都不知道，讓「第二方案」永遠不存在！』

魏楨平情緒激動地叫喊幾聲以後，暫時沉默下來。

在安靜得聽得見對方呼吸的室內，我隨而陷入沉思——詹森握有的機密，很可能正是在派駐中東的期間，被當時留在耶路撒冷的丁光業所利用。這樣的猜測能夠成立嗎？

『顏治穆的女兒今年幾歲？』我問。

『三十一歲。』

『她叫什麼名字？』

魏楨平質疑，『你問她的事情做什麼？』

『如果詹森不可能洩漏「第二方案」的秘密，難道顏治穆的女兒也不可能？』

『……她的名字叫顏映蓉。』

『顏映蓉現在人在哪裡？』我問，『還有，她知道顏治穆自殺了嗎？』

『我上次替他們傳信，是去年年底的事了。』魏楨平答覆，『那時她人應該還在伊朗。所以她目前對顏治穆的死……我想是一無所知。』

『那麼，你認識一個叫做丁光業的人嗎？』

魏楨平嘆了一口氣，但沒有回答半句話。他緩緩地從沙發上站起身來，走到門邊，輕輕地打開了會客室的門。

『張先生，我已經老了。』魏楨平恢復了與我初會面時那副毫無笑容的表情：『所以，你剛剛所問的事情，我全部不記得了。』

14

獨自站在瑞光路上，有幾輛計程車經過我身邊時慢下車速，似乎在徵詢我搭車的意願。我微微揮手，暫且拒絕了他們。

在路燈下，手機上的時間顯示晚上八點半。

恐怖分子預計在午夜零時引爆核彈——但在此刻，我能做的卻只有等待。

一聽到蕭邦的〈離別曲〉，我立刻接通電話。

『你準備好了嗎？』她的聲音聽起來相當緊張。

『嗯，我等妳很久了。』

『那麼，你現在趕快到……』

『等一等。』我打斷她的話，『我有事想問妳。』

『你想問什麼？』她的語氣突然僵硬起來。『我們快沒時間了……』

『妳的名字，是顏映蓉嗎？』

對方遽然沉默了。

『顏映蓉小姐，』我早就預料到她的反應，所以繼續問，『妳為什麼要回到台灣來？』

『……為什麼你會知道我的名字？』

『有人告訴我的。』

『誰？』

『我不能說。』我回答，『總之，並不是末世基金會的人。妳可以放心，我不會讓妳的計畫被那些恐怖分子發現。』

『你為什麼要查我的事？』

『因為，我對妳找我幫忙的目的非常好奇。』

『我不知道你在說什麼！』

『顏小姐，我不相信妳在末世基金會裡沒有值得信任的朋友——由他們來協助妳偷走核彈，要比找我幫忙容易多了。後來，我想到了。妳只有一個原因才會非得找我不可。』

『我們沒有時間再討論這個了，好嗎？』

『對我來說，這比幫助妳偷核彈更重要。』我沉住氣，不讓核彈的存在來影響情緒。『妳會找我，是因為在恐怖分子的計畫中，是安排我來引出沈兆茂，所以——我必定會跟沈兆茂有所接觸，對吧？』

『……怎麼說？』

『我覺得，妳認為沈兆茂可能會告訴我某件事。』

『不要再說了！』

『顏小姐，雖然我這個人喜歡英雄救美，但我更愛把謎團解開喔。』我沒有理會她的反應，『我認為，妳所做的一切，全都是為了尋找妳的父親顏治穆。』

『……你！』

『台灣依然在進行核彈製造的這個秘密，是妳從詹森那裡得到的？』

從話筒那端，傳來了顏映蓉彷彿心碎的啜泣聲。

『……中東地區，真是個殘酷、野蠻的世界。』顏映蓉飲泣，『我最後一次見到詹森叔叔，他的身體只剩胸部以上了，其他部位都被地雷炸爛。他在臨死之前，不斷地向我道歉，說不該將我帶離台灣……只因為，他不相信我父親已經死了……他認為，總有一天我父親一定會跟我聯絡。為了美國的利益，他必須把我留在身邊，像人質一樣……

『這是我第一次聽到父親沒死的消息……我懇求詹森叔叔告訴我，父親究竟在哪裡。但，他終究不肯說……他是閉緊嘴巴死去的。

『詹森叔叔的死，關係到某國的一場政爭內戰。在台面上，美國不能有任何牽連。結果，美國政府立刻全盤否認詹森的存在，連他的資料都會被盡數銷毀。這也是我第一次痛恨美國——中東地區看得到的這些戰爭，全都是美國一手主導的……但盡忠職守的詹森叔叔卻在最後一刻，被美國背叛了……』

我隨而想起詹森的妻子沈兆茂，似乎也有著類似的命運。

『然而，原本以為會留在伊朗一輩子的我，卻在詹森叔叔死後沒多久收到了一封奇異的信件。那封信沒有署名、沒有寄件地址，信上只寫了「我過得很好。我很想妳。」幾個字……但，我知道！那一定是我的父親寫給我的信！

『於是，我的心裡動了回到台灣的念頭——我好想見我的父親。我也知道，我父親一定會再跟我聯絡的。果然，他再度寫信給我了，並且還希望我回信……我必須把信件寄到一個南非的郵政信箱，但我無法知道那個信箱的地點，是否就是父親所住的地方。』

『那麼，丁光業怎麼認識妳的？』

『……你竟然查到了這個名字！』顏映蓉的訝異頓時蓋過她的傷悲，『那幾年，我的心變得好亂。我渴求一個能使我平靜的信仰。尊師，正是在那時進行他在中東的千里靈修之旅，剛好經過伊朗邊境。

『其實我最初去聽尊師講道，是因為據說尊師來自台灣。我告訴尊師，說我出生於台灣。尊師對我的事很感興趣，親切地問我為什麼身在伊朗……我終於忍不住，把我心底對詹森叔叔、對父親的想念，全都告訴了尊師。

『幾年後，尊師決定回到台灣成立末世基金會，並問我願不願意跟著回台灣。』顏映蓉繼續說明，『我突然有種感覺……我希望見到父親的願望，因為尊師的力量而實現了。

『回到台灣之後，我協助尊師打點基金會的大小事務，會裡也聚集了許多信徒。我的事情，卻在我渾然不知的情況下在會內傳開。我父親的信依然會寄到伊朗，我請伊朗的朋友再寄給我。我從父親的信中，漸漸可以確定，他就在台灣沒錯。』

因此，魏楨平之所以誤認為顏映蓉人在伊朗，是因為顏映蓉找朋友幫忙轉信。

『那麼，關於核廢料失竊案的事……』我又問。

『我是求尊師幫我忙的。』顏映蓉激動地回答，『尊師在非洲也做過千里靈修之旅，認識很多朋友……總之，費了很多工夫以後，尊師告訴我，我父親的信是從國防部的一位高級官員寄出的。』

雖然聽顏映蓉這麼說，我卻認為事情不是這樣。

丁光業很早就從顏映蓉口中知道了詹森的存在——也許，他立刻去調查了詹森，進而得知沈兆茂及魏楨平、顏治穆的事。查出顏治穆身負重任，在台灣某處秘密研發核彈的秘密，總之，丁光業並不是透過南非的朋友。太迂迴了。

再者，丁光業願意不辭勞苦地幫顏映蓉這個忙，是否完全是為了自己的恐怖計畫呢？我心想，這實在頗為令人玩味。

『我終於愈來愈接近我父親了！但另一方面，事情也是從這裡開始變調的。』顏映蓉當然不會知道我內心正陷入長考。『基金會內開始出現一些激進的傳言，說如果要徹底洗滌台灣社會的罪惡，就只能靠我父親秘密製造的核彈……

『後來，那些激進份子真的開始行動了。他們認真的程度，遠比我想像得要更嚴重。不僅買了許多軍械、找了馬哈達什誤導國安局、策劃綁架案跟爆炸案……我真的確信，他們什麼壞事都做得出來！』

『可是，如果這些恐怖分子什麼事都可以自己動手，而妳又完全不認同他們的行徑……』我決定提出心底對顏映蓉的最後一項關鍵疑點，『那麼，為什麼妳會加入他們？』

顏映蓉彷彿早就預料到，我終究會提出這個問題。

『因為尊師在三個月以前得道成仙了。這件消息完全封鎖，目前也只有少數幾個人知道。』她的語氣平緩地不得不令人屏息聆聽。『而我，則是尊師指定的繼承者。』

『妳說什麼……』我的背脊不自覺透出一陣冷寒。

『我身為新代尊師，不得不帶領這群恐怖分子——執行引爆核彈的任務！』

15

沿著基隆河的河堤道路行駛十餘分鐘，就可以抵達位於台北縣邊境、鄰接基隆的汐止市。

我在福德一路、中興路的交口下了計程車。中興路似乎將福德一路劃出一道楚河漢界，一邊是繁華熱鬧的夜市，另一邊則是幽暗無光的工業園區。

夜市那頭，彷彿可以聞到香雞排、湯包的味道——然而，我必須設法驅逐這種令人飢餓的想像，才能讓自己的腦袋專注在案情上。

愈早偷走核彈，我愈早能坐下來填飽肚子。只能這麼想了。

顏映蓉告訴我，那些恐怖分子在這座工業園區內租了一間廠房。除了核彈以外，包括爆炸案所使用的C４炸藥、引信、雷管，偽裝成水電工程公司必須使用的各種道具、服裝，以及火力驚人的大型軍械等等，全都藏置在廠房裡。

其實，末世基金會的住址是在敦化北路上的長庚醫院附近。但是，在鬧區頻繁地運送這些爆材及槍械、行動鬼祟的人員進進出出，很容易引起側目。

他們必須尋求一個距離基金會不遠、能夠容納這些武器的空間。內湖或南港科學園區雖然比汐止近，但廠房租金卻貴了許多——即便是恐怖分子，也得顧及成本。

步行經過交口旁的國民小學，就可以見到一大區的工業建物。儘管夜晚的工業園區充斥著一種空洞、死寂的荒蕪氣氛，卻予人某種無法辨識的物事在黑暗中蠢動、窺視的不快感。

確實如此。

秘密握有數量如此龐大的軍火，戒備當然非常森嚴！

『不過，這些武器其實是為了以防萬一。』顏映蓉在通話結束前補充，『為了保護核彈，不到最後關頭，必須與警方、甚至軍方對峙的緊急時刻，才會真的派上用場。』

『這就是妳希望我一個人去的原因？』

『就算核彈的情報可以繞過他們藏匿在警方的眼線，軍警也必定會大規模地集結。到時候，很可能出現非常慘重的死傷……對於同歸於盡這件事，他們也有徹底的心理準備。

『總之，唯一能夠阻止他們的方式，就是偷走核彈！』

接下來，顏映蓉提出了精確到分秒必爭的偷竊計畫。

『廠房外圍一百公尺處就有崗哨，手持無線電。』她開始解釋，『任何彎進廠房前小巷內的人車，都會被崗哨看到，絕對迴避不了。不過，小巷裡還有另外一座工廠是全夜無休，整點左右的時間都會有運送貨物的卡車進出——所以，你必須把握這個機會，利用卡車做為掩護，讓你可以潛入小巷。

『為了提高成功率，我會在卡車進入巷子時，以無線電與崗哨通話，設法分散他的注意力。但，通話內容只是例行性的安全查核，所以時間絕對不會超過三十秒——我不能引起懷疑。你得盡快在小巷內躲好。』

『聽起來似乎不是很容易……』

『我只能相信你了。』顏映蓉說：『你放心，只要一進入小巷，工廠與工廠之間有很多空隙可以藏身。接著，你必須繞到這些工廠後方，才能接近廠房的後門。』

『但是，後門也會有崗哨吧？』

『對。』

『後面的崗哨比較難纏……是兩人一組。』

『有可能繞過他們嗎？』

『太困難了。』顏映蓉沉默了半晌才說，『你非正面解決他們不可……』

『我倒是有一個想法，不過要看妳能不能做得到。』

『要怎麼做？』

『用這支綁架案的手機，』我回答：『我把手機開啟這支手機的鈴聲，引其中一個人離開。我會把手機藏好，不會讓他找到的。然後，妳再用無線電，要求另外一個人也去支援搜查。這樣我就能夠設法繞過他們。』

『這……也許行得通。』顏映蓉嘆口氣，『但是我很快就會被懷疑的。』

『只要我們能及時逃走，就無所謂了吧。』

『而且，你若把手機留在外面，這表示我們無法再繼續通話了。』

『未來只能靠默契了。』我繼續說：『接下來呢？進入廠房以後，我會遇到什麼事？』

『一進入後門，左側是放置槍枝、彈藥的軍火庫……』一邊聽著顏映蓉的說明，我將手機夾在肩膀與臉頰之間，一邊拿筆在手背上開始畫簡圖。

簡單來說，恐怖分子的人數雖然不少，但並沒有多到足以鋪天蓋地。無論如何，在台北市引爆核彈的計畫太過極端了，會願意執行這種重大犯罪行動的偏激者，在基金會裡終究也是少數。而其他虔心奉獻金錢的信徒，都是被蒙在鼓裡的無知者。

由於這些恐怖分子必須在午夜零時前完成全部的準備工作，確保引爆地點安全無虞，因此所有的核心幹部並不在廠房內。

亦即，廠房外的崗哨之所以難纏，是因為廠房內幾乎無人設防！

從核心幹部離開廠房，到他們完成引爆地點的佈置後返回廠房，在此期間，是我們能夠盜得核彈的唯一機會！

而，顏映蓉之所以留在廠房，一方面因為她是先代尊師丁光業的繼任人，畢竟是基金會內名義上的精神領袖，必須坐鎮基地；另一方面，核心幹部們並不完全信任她，所以不會讓她知道計畫的全貌。

換句話說，顏映蓉只是個遭到軟禁的傀儡尊師！

而我，居然是與主導恐怖攻擊事件的領袖，一起破壞他們的最終行動！

這樣的境況，不禁令我考慮丁光業其實並沒有主導整個恐怖攻擊的可能性。也許，他同樣是被那群激進份子挾持、利用了。

『我等你來。』談完整個竊盜計畫，我也已經攔到計程車，顏映蓉才掛上電話。

在整個竊盜計畫中，我除了必須與她合作搶奪有人看守、裝有核彈的木箱以外，在此之前，還得先將停放在卸貨區的卡車鑰匙準備好……

真正的竊盜計畫，比起亞森・羅蘋探案裡高來高去的魔術效果要困難多了！

腦中反覆地演練、確認著計畫中的各項細節，我逐漸接近通往恐怖分子基地的巷道入口。

一輛卡車在預定的九點整從福德一路的末端漸漸駛近。

我確認卡車行速漸慢，打了方向燈轉進巷子，立刻奔上前去，走在卡車後方。

在卡車的車身尚未開始加速之前，我已經閃入一棟建物騎樓的紙箱堆置處。

然後，我稍微探頭向前看。

在我眼前，亮著探照燈、共有兩層樓高的廠房，就是恐怖分子的基地！

但是，我卻沒有看到廠房的門口站著任何人。沒有崗哨。

這樣的狀況，我不禁稍感疑惑。

我的精神開始更緊繃，顏映蓉的計畫似乎一開始就已經走岔。不過，我繼續依照原定計畫潛入大樓後方通道。

樓群後方闃暗幽黑、亂無章法的通道，有很多可以藏匿手機的合適位置。我停下腳步稍作觀察，選定了幾個位置。

接著，我低身緩緩欺近廠房後方，卻注意到後門甚至門戶洞開，也沒有半個人！

——這會是恐怖分子設下的陷阱嗎？

正當我在尋思下一步該如何行動之際，發生了一樁令我意外的事件！

從廠房二樓窗口透散的燈光突然盡數熄滅。

同時間，出現了一連串密集、激烈得讓人驚心動魄的微弱槍聲！

——怎麼回事？

我的額頭開始刺痛了起來。這是危險的徵兆！

事態突然其來的轉變，遠遠超出我原先的預想，我不知道這是否在顏映蓉的計畫之中。

槍聲在十餘秒之後戛然停止，再度恢復原初的死寂。

我忍止額痛、屏住氣息地耐心等待著，在心中默讀秒數。經過了五分鐘，廠房的死寂卻依然沒有改變。

我知道，我不能就此離開。我擔心顏映蓉的安危。

但，在確認廠房內的變故前，我甚至無法貿然通知呂益強前來支援。

我知道，我必須馬上進入廠房！

為了不讓自己有再三猶豫的時間，當我一動了進入廠房調查的念頭，我立刻強迫自己前進。一旦開始往廠房走近，才能削減我想要退後的力量。

我知道我還不夠勇敢。

從身上取出筆型手電筒、點亮光源，循著後門入口的黑暗處探照——有如例行公事的動作，是我平常進行偵查工作的標準流程。習慣成自然的順序，使我稍微可以忘記，我面對的並非普通客戶，而是恐怖分子。

進入廠房後門，我暫時停下腳步。

靜靜地聆聽室內，沒有聽見任何說話聲、腳步聲，以及機器的運轉聲。空盪而冰冷的廠房內部，默默地給予我『沒有其他生命』的莫名暗示。

——方才的槍聲殺光了所有的人？那麼，開槍的兇手呢？是否已經離去？

一面對照著手背上的簡圖，我看到後門入口左側的軍火庫，同樣是房門洞開。照進手電筒的燈光，我見到軍火庫房內此刻已然空空如也。

雖然我不知道恐怖分子手上到底有多少槍械，但假使依照儲藏庫的空間來推估，此番數量恐怕可以供應一支全員到齊的連隊充裕無憂的火力！

檢查過軍火庫，我繼續輕步前進。

很快地來到停放車輛的卸貨區，總共有三輛箱型貨車，排滿了整個停車位。我注意到貨車的車廂上漆有水電工程公司的商標。這就是運送C4炸藥的交通工具！

大門入口、卸貨區的鐵捲門全然封閉，鐵窗的櫺柱看起來非常沉重，使廠房的空間予人狹窄的感覺。

確認過一樓沒有任何人之後，我必須決定接下來該往二樓搜查，抑或是往地下一樓。

我記得槍聲是來自二樓。

因此，如果我期待看到彈孔像蜂窩般佈滿全身的屍體，我可以先上二樓。如果不想先看，可以先往地下一樓走。

顏映蓉的竊盜計畫中並未提及地下一樓——但她倒是說過，核彈放在二樓的『供奉室』裡。至於什麼是『供奉室』？顏映蓉解釋，那是丁光業得道成仙之地。

我站在階梯處，將手電筒往地下一樓稍作探查。

地下一樓似乎擺置了幾架大型的加工機器——有一些看起來像車床，但最大型的一具機器，造型相當特殊，從外表看不出是什麼用途。

沒有人。沒有屍體。

像是品嘗主菜一樣——最後只剩二樓了！

於是，我一步一步踏上鐵製階梯，伸長手臂讓手電筒的光向前照耀，終於來到二樓。

我熄滅了手電筒的燈光——若二樓的暗處有人埋伏，手電筒的光源必然會成為靶心。我等待一會兒，讓自己的瞳孔更適應完全黑暗的室內。

二樓階梯前，首當其衝的就是一個大房間。

我確認自己貼緊牆面之後，打開筆型手電筒的電源、並立刻拋出房內。

我側耳傾聽，但房內只傳來手電筒的彈跳滾動聲響。

——沒有引來槍聲。

漸漸地，我開始聞到刺鼻的血腥味。

可以確定，在大房間裡確實發生了兇案——但，兇手已經不聲不響地離開了。

我輕輕踏出腳步往大房間裡走，循著光源想要撿起房內的手電筒。

然而，我卻握到一隻柔軟的手！

突然其來的觸碰差點讓我驚呼出聲。我屏止呼吸去握取卡在屍體指間的手電筒。

是一具身穿素淨白衣的女性屍體……我將燈光照在她的身上才赫然發現——這名女子原來就是在微風廣場天台遇見的『女打仔』！

她的眉間中央有一個深可見骨的圓形彈孔，邊緣處甚至有燒焦的痕跡。這顯然是近距離的槍殺。

她的後腦處，濃稠的鮮血不停地流洩擴散。

我握緊手電筒站起身來，將燈光從『女打仔』的身上移開，投射到大房間的其他角落。

——眼前的場景令人難以置信！

只要再走近一步，我就會踏進這個大房間裡的廣大血泊。

房內七零八落地散置了男男女女約莫十幾具屍體，看起來全都是槍擊頭部致死。

大多數的人，倒臥的姿勢扭曲怪異，不知是不是為了防衛突然而至的射擊卻措手不及——這樣的死法，看起來像是大屠殺或集體自殺事件的終場。

其中一部分的人，也許是槍械火力過強，或是射擊角度所致，整張臉被轟得面目全非，頸子以上只剩一團彷彿揉爛的麵糊。

然而，他們的表情顯露出一種祥和、愉悅的氣氛！

供奉室位於大房間的盡頭，我可以清楚地見到丁光業的屍體！

他的屍體就『立』在供奉室的正中央，雙臂張開，形成一個象徵代罪受死的十字。

已經死亡三個月的丁光業，屍體並未完全腐化。

他的信眾們——也許只包含眼前在場、已經死亡的這些人，似乎替他的軀體做了特殊處理。不僅做了防腐加工，還將整具屍體嵌入類似壓克力的透明靈柩之中。

然而，也許是因為防腐的處理不當，丁光業的屍體並未按照信徒的預期般，保留他死前栩栩如生的模樣。

相反的，屍體在這個完全密封的透明空間內，從內部開始腐敗。呈現青綠色的皮膚佈滿水泡，其間還暴露著溶解欲裂的黑褐色肉塊，卻猶然附著在骨骸上。

而，丁光業的失去雙目的眼窩黑暗空洞，老朽的面孔宛若骷髏，卻仍舊處之泰然地觀視著信眾的群屍！

第三章

蟹足腫崇拜

Worship of Keloids

有形的東西一定會壞掉。人也一樣，死期終究會到。
一切東西都一直線朝毀滅的方向前進，不可能回頭。
換句話說，只有毀滅才是宇宙的法則。

——村上春樹《約束的場所》

1
《末世原道》

人的存在

人，生不知從何而來；死不知朝何而去；此時此刻，不知道自己為何在此。人，像是被拋棄到世間的孤兒。

世間，只不過是人由黑暗中清醒過來、由清醒復又黑暗的中途站；站上的月台人群熙攘，在不知不覺中下了列車，等待著不知何時抵達的列車。我們熱切地討論著，依照在月台上眼睛所看見、耳朵所聽見的一切，來想像我們的出發點、我們的目的地。殊不知，要單從中途站來推算起點與終點，是多麼困難、多麼白費工夫。

觀察人的誕生，那是從微小得幾乎無法察覺的細胞開始；人的滅亡，則會隨著肉體的腐朽化為虛無。從無而有，從有而無，看起來似乎就是生命的軌跡，於是，我們想出許多理論，來解釋在這有無之間的關聯。

有人認為世界上存在著神，製造了人類，掌管萬物。

有人認為世界上存在著輪迴，人與萬物循環不已。

有人認為萬物孕育了人，人是演化的顛峰。

到了幾千年後的今日，那些理論卻依然無法解決彼此的矛盾，只是徒增衝突。

然而，在那些理論中，不管是來世或前生、天堂或地獄，人在那兒的生活方式，與在此刻的世間並無太大差異。一樣有階級、一樣有情緒、一樣有人際關係。

其實，這就是那些理論的怪異之處。

所謂樂園、天堂或仙境的生活方式，既然跟世間都差不多，人在那兒為何能獨獨擺脫病痛、煩惱呢？

事實上，那些理論之所以怪異，原因不是別的，正是因為那些理論都把人在中途站所見聞到的情景，套用在起點與終點上了。

也許在起點與終點，人完全是以截然不同的生命型態而存在著的。

也許在起點與終點，人並沒有什麼不同，所以病痛、煩惱亦仍如影隨形。

無論是何者，你都不該相信樂園、天堂或仙境的存在，以及那些理論所描述的內容。

那些理論的宣揚者，恐怕自己也不知道自己所相信的理論是真是假，他們自己已經受害，也無知地讓別人成為受害者。

那麼，如果樂園、天堂或仙境純屬想像，我們還有什麼能夠確定？

我們唯一能確定的，是世間。

人的生老病死，就是世間的定律。

中途站的所見所聞僅限於中途站。代換成看不見的起點或終點，都是無謂想像。

世間的定律，就像在月台上可以看到的軌道一樣。看不到起點與終點，但軌道真實存在著。

千年以來，有許多人想要找出世間的定律，他們將定律稱為『道』。

道的追尋

道是萬古之謎。

無法說明、無法形容、無法詮釋、無法掌握，這就是道的特性。但，你卻可以真切地察覺到道的存在。道無法迴避、無法抵禦、無法左右，人只能乖乖接受道的擺佈。

道是一切。

然而，人試圖追尋道、試圖瞭解道，往往窮其一生卻一無所獲。

更根本的問題是，人為什麼要求道呢？

若得了道，人又變成什麼？

要回答這些問題，我可以舉例說明。

牛頓發現了萬有引力定律，於是，人終於能夠離開地球，航向太空。

找出萬有引力定律，脫離重力的夢想於焉實現。

為何人對愛因斯坦的相對論如此著迷？因為，人們知道，總有一天愛因斯坦的相對論，可以用於時光旅行。

換句話說，只要掌握了定律，就能夠反過來利用定律，來進行偉大的超越。

這個例子，已經充分告訴我們求道的原因。

中國的道教，本於黃老，終身求道。他們求道的目的，就是為了超脫生死的定律。道教者遁居在崇山峻嶺的深處，殫精竭慮地製靈丹、煉心法，只為長生不死、悟道成仙。

比起其他理論的信奉者，道教者稍微實際一點的地方，是他們一開始就知道不該去製造樂園、天堂等空泛荒謬的幻想，將焦點放在生死定律之上。在他們的眼中，沒有前生、沒有來世，只有此刻能夠掌握的生命。

道教者希望靜心聚氣，進而讓肉體擺脫死亡。他們想出許多辦法，構思不僅細膩，亦不辭勞苦地逐一試驗，並留下長篇累牘的記載，宛如上古時代的神農氏。

但是，非常可惜。所謂的成仙得道，終究只是謠傳。

我們從來沒有見到成功的例子，能找到一位存活千年的仙人來現身說法，告訴我們他成仙的經過。得道成仙就徹底消失，道教這種神秘主義式的態度，徒然讓人難以接受它的可信度。

也就是說，超脫生死定律的仙人是否存在，依然缺乏事實的佐證，我們可以肯定，目前並沒有發現這樣的仙人。

不過，道教者至少已經告訴我們，道就是超脫生死。

瞭解重力的影響，並不代表一定能夠離開地球。道教找對了方向，卻用錯了方法。

儘管已經明白道之所在，我們還需要找到正確的方法。

腦的開發

大腦，被認為是人體內的最後秘境。

我們依賴大腦思索、依賴大腦想像、依賴大腦判斷。耳目感官的所有資訊，全部匯集到大腦中；舉手投足之間，均仰仗大腦的命令。

然而，大腦究竟是如何處理這些複雜至極的事物，至今依舊是一團不可解的謎。

但是，大腦最讓人驚奇之處，是在於大腦擁有深不可測、無可捉摸的潛意識。

人在接受催眠後，我們發現人的本能、人的潛力，不需要教育、不需要學習。這些人賴以維生卻不明所以的潛在能力，是與生俱來的。

若讓我們回到『道』的超越，我們已經知道顯然無法從人的死亡來下手。那麼，是否能夠從人的誕生下手？

催眠的研究，給了我們一個可堪探究的方向。那就是『前世今生』。

死者的記憶出現在生者的潛意識中，這是多麼令人訝異的事實。經由催眠的引導，潛意識浮現了人的前世意識，甚至前好幾世的意識，講述鉅細靡遺、歷歷如繪的過往。前世的記憶，就像是地層的沉積一般，一世一世地堆疊在人的潛意識裡。

所以，人類所謂的本能，其實就是人的意識經歷千代萬年之累積，最後產生的結果，卻被錯誤地歸因於與生俱來。

從另一個角度而言，這其實也印證了我最初所說的，人在世間的生命結束之後，在終點處很可能是以完全不同的型態存在著。

高山經過河流的沖刷，將土泥帶至海底。海底的地層，存在著高山的記憶。

同樣的，人的記憶，也就是表層意識，將隨著生命的終結，而轉為潛意識，儲存在生者的腦海底層。

肉體會老、會死，『道』已經告訴我們，生死定律沒有突破的可能了。

但，只要層層積累的潛意識，不會再因為死亡與誕生之間的鴻溝而劃出一道斷面，直接能夠成為新生者的表層意識，那麼，意識上的長生不死將可成立。

亦即，肉體雖然腐朽，生前的意識卻不因死亡而轉為潛意識。

此意識繼續存在，繼續成為新生兒的意識。

生生世世的意識之統一，記憶、知能不曾消失或轉為潛意識，有所不同的只有肉體。

接下來，我們得試圖找到方法。

2

《戰墟斷想》

那是在一九四五年，八月六日，上午八點四十五分發生的事。

一聽到這個時間，各位會聯想到什麼？

首先湧入腦海的應該是——人類歷史上最恐怖、最邪惡的一日吧？

一架美軍B29戰機，當時飛抵日本廣島市上空，投下了一顆新型炸彈。這顆炸彈名為『小男孩』，是美軍『曼哈頓計畫』的研發成果。

所謂的『曼哈頓計畫』，為美軍為了在第二次世界大戰中取得勝利，以核分裂為理論基礎、鈾金屬為主體，費時六年所發展出來的超級兵器。

這顆核彈長三公尺、重四公噸，在廣島市上空五百八十公尺處爆炸。中心溫度攝氏一百萬度以上、直徑超過兩百公尺、相當於數十萬個大氣氣壓的巨大火球，伴隨著高溫、震波、瞬間熱輻射、爆風，以及爆炸所形成的放射性落塵，將百分之九十的廣島市毀滅，殺死了十四萬人。

約莫同樣數量、倖存苟活的另一群人，則終身背負著基因變異、障礙性體質等身體機能的缺損，永遠恐懼著地獄般的浩劫餘地。

人類追求戰爭的勝利不惜犧牲一切，這樣的意志力在那時首度得到印證。同時，人類也終於握有了自我毀滅的入場券。

人類，究竟是一種什麼樣的生物？

也許是命運使然，這樣的疑惑，自出生以後我即不斷自問。

因為，一九四五年八月六日，是我的生日。

我的呱呱墜地，很巧合地也是在上午八點半左右。

換句話說，我的生日，正是人類自我毀滅的第一天。我想，我會離開台灣、遍歷各國，以冷眼旁觀的態度觀察人類的善惡，很可能在我出生的那刻起已經決定了。

命運的擺佈不只如此。

在廣島核爆的三日後，美國遲遲等不到日本政府的投降，於是，緊接著又在長崎投下另一顆名為『大胖子』的鈽金屬核彈。

為了追求戰爭的勝利，人類屠殺同類的決心竟會變得如此殘暴、如此斷然？

我的父親是奉日本徵召入伍的台灣兵，當時他人就在長崎。據說，由於部隊駐紮在浦上川與長崎醫科大學之間的一處營區中，非常接近爆心位置，因此，全連士兵都屍骨無存，彷彿自人間蒸發。

而，在我的母親也在生下我以後在這天猝逝。亦即，在長崎核爆的這一天，我同時失去了雙親。

我由祖父母帶大。在我的記憶中，對父母的印象，只剩下一張結婚時的黑白照片。

核彈不僅使我的出生意義截然不同，也切斷了我與父母的牽繫。

在祖父母壽終正寢以前，我是個努力向學的年輕人；但我沒有忘記自己的命運。

我知道總有一天，我會放下一切，去為人類求得真道。

這些年來，我去過中東、非洲、巴爾幹半島、南美等政治局勢險惡、社會動盪不安之地，也去過北歐、美國南方、不丹等充滿和平、優閒、不問俗事的世外桃源。有些地方我只去過一次，但更多的地方我會數度拜訪，因為那裡有與我抱持相同信念的友人。

其中，有一個地方我幾乎年年會去。

那就是日本廣島市。

在廣島發生的慘痛悲劇，不僅改變了人類的歷史，也改變了我的人生。

廣島，是我的『精神原鄉』。

每年到了廣島，無論是參觀市內的和平紀念資料館、核爆遺跡，或駐足在市容乾淨、市民從容的街道上，我還是能在空氣中察覺到，整座城市至今仍然沒有擺脫核爆的陰霾，在城市的磚牆之間，依舊能隱隱約約地發現一股對戰爭的恐懼與屈辱感。

在廣島，一到核爆週年紀念日，市內就會舉辦各類的和平祈福集會、學術演講，及二戰期間的歷史文物展。

那段期間的廣島街道上，可以見到許多年邁的日本人、美國人，臉上帶有殘留著哀戚餘痕的平靜表情，看著廣島的一草一木發呆出神。我不知道其中有多少人是核爆的受難者，但，至少我可以肯定他們都是為和平而來。

我最後一次去了廣島，是五年前的事。

如果不是這番經歷，我想我不會回到台灣來定居的。

當時，我才剛從一場由東京大學醫學部所舉辦、名為『核爆對人體基因的衝擊』的演講會場離開。年幼時雖然與祖父母相依為命，我對日語並不算熟稔，演講的內容雖無法完全聽懂，但見到日本學者們聆聽演講的專注神情，卻著實令人動容。

『丁先生，您好。』

聽到久違的親切鄉音，坐在會場外長凳的我，不由得抬起頭來。

『……您好，』我站起身來，朝眼前年紀與我相仿的男人致意，『您怎麼知道我的名字？』

『是演講的簽到簿。』他說：『我也是台灣人。』

我笑了，然後請男人坐下。

『二戰已經五十週年了，但放射線對人體的影響，卻從來沒有減輕過，只不過暫時寄生在基因裡而已。』男人翻著手上的日文資料，『然後，就隨著世代的延續而傳遞下去。也許，只因為這兩顆核彈，人類的後代未來還會再痛苦下去……』

『您對核彈有興趣？』我問。

『其實，我是為了基因而來的。』他遞出名片，『我叫王閔晟，目前在清大生科所教書。』

我們握了手。『啊，原來是王教授。』

『先生您呢？』

『其實是這樣……我的父親當時在日本長崎，死於這場災難。』

『丁先生，我們的學術交流團裡，』王閔晟微微點頭，『剛好有一位學長，他的遭遇與您相當類似。不知道您有沒有興趣結識？』

『這真是湊巧……』

『團裡大家都不懂日語，唯一能仰仗的就是那位學長了。』王閔晟補充。王閔晟所稱的學術交流團，是由中研院的研究員、大專院校教授所組成的旅行團，到日本來與各大學進行學術交流。

而他口中的學長，則是曾經與他當過清大的同事，後來任職於中研院的物理學家蘇定峰。演講結束的一小時後，王閔晟邀請我到他們下榻的飯店與其他團員吃晚飯。

『我是在日本出生的。』蘇定峰自我介紹，『我的父親留學日本，在東京認識了我的母親，很快就結婚了。後來，我被送回台灣的老家，他則留在日本經商。但，他卻死於廣島核爆。』

蘇定峰的父親是台灣人，母親是日本人。廣島核爆那天，他已經五歲，因此年紀大我五歲。他的說話態度懇切，卻不會予人嚴肅的壓力，尤其不甚標準的台灣國語，反而有一種詼諧的幽默感。尤其酒過三巡，蘇定峰對待我的方式，就像是跟老友剖心深談。

『我對核彈充滿好奇，恐怕就是因為父親的死。』蘇定峰輕嘆一聲，『想不到，就這樣一路走向物理研究，變成一輩子的事。我想知道，讓我父親離開我的東西到底長什麼模樣……結果，原來還得買電子顯微鏡才有可能看到啊……』

對於核爆事件對人類的意義，蘇定峰也自有一套看法。

『對於倉促地決定投擲核彈的美國人，雖然在當時的歷史情境下，那也是沒辦法的事——我們終究要承認，人類並不是完美的——但是，冷戰期間美國與蘇聯製造了大量的核彈，企圖逼壓對方氣焰的做法，則代表美國未曾反省過核彈所造成的罪孽。』

『就我所知，』我提出自己的見聞，『一到核爆紀念日，美國也有許多人會主動舉辦和平集會，歷史已經有太多教訓，告訴人們應該止戰。』

『當然，只要一談到過去已經發生的悲劇，人們都會痛切反省。但只要悲劇尚未發生，人們就故態萌發，甚至自負地認為自己一定會處理得天衣無縫。』

『蘇博士，我曾經去過尼泊爾。』順著這個話題，我談到自己的經歷，『遇到一位年輕的牧羊者，他告訴我，他的羊喜歡吃香菇，但尼泊爾的香菇很稀有，連一般人都吃不到，更何況是羊。結果，他便在放牧羊群的草原周邊，以剪刀將矮樹叢修剪成香菇狀，他說羊看了以後，心情會變好，毛的質感也會提高。

『有一次，我去看過了他剪的香菇樹叢。但，我感到很奇怪……我沒有辦法聯想到香菇……在我心中浮現的，那些樹叢卻更像是蕈狀雲。』

『象徵核爆的蕈狀雲？』

『嗯。我想，雖然經歷核爆的是我父親，但核爆的陰影已經從我父親的身上，移轉到我的體內了。外在景物的詮釋方式，只不過是內心的反映。所以，我來這裡憑弔，如果我希望世界和平，那麼我希望不僅能夠傳達和平給別人，也要洗滌自己內心的陰影。』

『丁先生，』沉默半晌，蘇定峰突然提出一個問題：『您知道狗如何祈求和平嗎？』

『狗沒有製造武器的能力。』我笑了出來，『但我想牠們也愛好和平。』

『狗會躺下來，將自己的肚子露在敵人的尖牙前。肚子是狗最脆弱的地方。』

『給敵人一個發慈悲的機會，是嗎？』

『祈求和平的人，必須先放下武器。』蘇定峰沉吟：『握著武器的人，口口聲聲說是為了和平，是毫無可信度的。』

『一個沒有武器的世界，就是和平的世界？』

『我正是這麼想。』他又說，『對了，丁先生，我想讓您看一樣東西。』

『好啊。』

於是，我們提早離席，搭電梯到蘇定峰住宿的飯店套房。

『這是什麼？』

蘇定峰翻開行李箱，遞給我一本名為《原爆之圖》的畫冊。這本畫冊似乎有點年代了，畫家則是一對夫妻，叫做丸木位里、丸木俊。

『廣島核爆後，丸木位里與丸木俊兩人，前往廣島探視家人，並且依據當時的所見所聞，花費三十多年的時間，完成了一共十五部的《原爆之圖》。這本畫冊，是我母親那邊的一位遠房親戚，在得知了我在台灣的工作是進行核能研究後，特地去買來送給我的。』

『原來如此……』

我翻開這本畫冊，觸目驚心的圖像立即映入眼簾！

原本色調應該鮮豔明亮的油畫，卻因為配上了水墨畫一般的線條，不可思議地呈現出焦黑陰慘的氣氛。

畫中的人群絕大多數都是衣衫襤褸、甚至全身赤裸的，有些畫作讓他們陷入煉獄底層般的火海，有些畫作則通篇堆滿屍群、支離破碎的屍塊散佈一地、甚至早已化為骷髏。

仍站立在畫中的生者們，表情均透露出毫無希望的死寂感，有如群聚的幽靈一般，漫無目的地行走在荒無生機的畫紙上。

芥川龍之介曾經在短篇名作〈地獄變〉中，描述了關於一幅『地獄變相圖』的悽慘故事。丸木夫妻的《原爆之圖》，竟然在數十年後完成了這幅原本僅存在於小說中的虛構畫作！

我想要放下畫冊別過頭去，但我目光中的圖像卻魄力驚人，令我動彈不得。

『這本畫冊我幾乎隨身攜帶。』蘇定峰說，『為的是要在核能科學研究的學術生涯中，能夠保有一絲理智。我不希望像愛因斯坦或歐本海默……』

『蘇博士，』我的神經頓時緊繃起來，『我不懂您的意思。』

『追求科學成就的單純狂熱，有時候會遭人利用，成為助紂為虐的劊子手。』蘇定峰長嘆一聲，『丁先生，您知道嗎？能夠在這裡遇見您，使我看見了科學家的一線生機！』

『……您遇到了什麼麻煩嗎？』

年紀長我五歲、學術成就優異的蘇定峰，忽然變得謙卑異常。

『我要以一個凡人的身分向您坦白。因為，我很早就聽說過您的事跡。我想告訴您，在十五年前，若不是美國的阻撓，台灣很有可能完成「新竹計畫」，並且擁有第一枚核彈。事實上，始作俑者，就站在您的面前……』

我察覺到，蘇定峰的背脊沉重得像是背負了無形的枷鎖。

『但事實上，我一點都不想要製造核彈。』蘇定峰的聲音顫抖，『我沒有辦法忘記父親的死亡……我不希望我們的下一代，像我一樣依然籠罩在蕈狀雲的陰霾下。人類的智慧，也絕對不該用來毀滅世界。』

『我同意您的看法，但不知您為何如此恐懼。』

『丁先生，我相信您。所以，我要告訴您一項事實。我接下來要說的，全都是令我痛苦的秘密。』蘇定峰口氣慎重異常：『我曾經去過南非，與那邊的科學家研商核彈製造。但，南非在進行過首次核試爆後，隨即解除了自身的核武。因為他們相信，放下武器，才能獲得和平。

『美國阻止台灣發展核彈，雖然是為了自身的利益，但起碼可以避免核爆的生靈塗炭。但，由於某些野心份子的煽惑，事實上，在台灣勢必有另一個秘密機構在研發第二顆核彈。』

『蘇博士，』我語帶保留地回答，『我不瞭解您的猜測從何而來。』

『我曾經在清大核研所教書，』蘇定峰認真地說，『有幾位學生，在取得學位後竟然接連發生意外。而後，我注意到這些學生的家人，似乎都得到了政府的妥善照料。因此，我認為這些學生被國防部秘密吸收，投入了一個迴避美國耳目、繼續研發核彈的計畫。

『我的猜測很快地得到證實。有一位學生的母親終於向我坦承，她的兒子確實曾經秘密寫信回家，因為他受不了長期居住在封閉、狹窄的空間中。』

蘇定峰略顯老態的身軀，在情緒激動之餘，不由得屈跪了下來。

『我無法允許……我的學生真的在進行核彈製造，為無謂的屠殺做準備……我希望，我可以阻止他……不，我知道我沒辦法阻止他。

『雖然「新竹計畫」已經中止，但國安局仍然嚴密監控著我們這些核能科學家的行動。對於那個神秘的研發備案，我真的無能為力！

『丁先生，我沒想到會在這裡遇見您。能阻止第二顆核彈研發成功的人，我認為只有您。熱愛台灣的人之中，只有您能明瞭核彈的恐怖，以及和平的真諦，也只有您有足夠的影響力，來號召信眾……』

我打斷他的請求。『蘇博士，這就是為何我沒有回台灣的理由。整個台灣社會，缺乏對和平的認知，在那裡我沒有容身之處。』

『不，請您聽我說……』蘇定峰縱橫泗涕的眼淚，頓時感動了我。『台灣社會對和平仍有一絲渴望！您是否能慎重考慮，擬定計畫，設法奪走台灣的毀滅性武器……』

『正面對抗政府當局，』我依舊緩緩答覆，『您知道是非常危險的事。』

『或許現在的台灣社會，沒有人能夠瞭解您的作為。但有朝一日，台灣人更瞭解核彈的恐怖之後，他們必然有所感念……』

『我不需要任何人的感念！』

那時，我恐怕已經失去所有的耐心。

這頓晚餐，一定是蘇定峰設計的。他早知道我是誰，因此才請王閔晟來邀我。簽到簿的事，說不定是隨口胡謅的。

蘇定峰突如其來的私密請求，縱使是代表對我的高度的景仰，卻無疑將令我深陷險境。

我倏地起身，準備離開蘇定峰的套房。

然而，此時丸木夫婦的《原爆之圖》畫冊，也翻倒在地毯上。

敞開的那一頁，正是十五幅畫作中，最令我不忍卒睹的第二部，『火』！

當廣島上空出現核爆火球之際，廣島的地表溫度高達攝氏六千度，相當於太陽表面。在這樣的溫度下，地面上的一切都會融化！

我出神地凝望著『火』中被烈焰燒灼得扭曲、變形的人體軀幹。

連嬰兒都無法倖免。

在那一瞬間，我宛如見到了……那具著火的嬰兒屍骸，臉上有著與我相似的神情！

我的父親與母親，也在『火』中出現，忍受身上的火焰帶來的痛楚，卻來不及伸手撲滅已經將我吞噬的火舌！

我終於止住了腳步。

當我年輕氣盛之時離開台灣，我曾經以為自己永遠不會再踏上那塊土地。

但我錯了。我的精神原鄉在廣島，但孕育我和平意識的，是台灣。

『我明白了，』我回了頭，發現自己的臉上似乎有淚。『蘇博士，我答應你。』

『丁先生，謝謝您、謝謝您！』

最後，我聽見自己是這麼對他說的：『我不會讓台灣的未來葬身火窟……我們的下一代，將不會再受到核爆的威脅。

『我會盡我最大的努力，號召我的信眾，為台灣的和平奮鬥。縱使犧牲我的性命……也絕不後悔！』

3

走進供奉室以後，才發現這是個比我想像中要更大的房間。

除了正中央那具由壓克力所製、嵌置丁光業屍體的透明棺柩以外，左右兩側的牆面上，還貼滿許多畫作以及放大過的照片。

其中的畫作均出於同一種畫技——是丸木位里、丸木俊夫婦的作品《原爆之圖》。

共有十五幅畫作的《原爆之圖》，整齊地依序排列在左面的牆壁上，一旁還貼了簡短的文字說明——這十五幅作品，分別名為『幽靈』、『火』、『水』、『虹』、『少年少女』、『原子野』、

『竹藪』、『救出』、『燒津』、『署名』、『母子像』、『燈籠之流』、『美軍俘虜之死』、『烏鴉』與『長崎』。

文字說明則提及，年輕時代參與過社會運動、擅長水墨表現的位里；以及曾經遠赴南洋去追求文明外的原初人性、專攻油畫的俊；兩人對於自由的追尋，都有由衷的渴望，而《原爆之圖》中赤裸、激烈的寫實表現手法，甚至刻意強調肉體、屍骸上可怖的歪扭傷痕，則代表了他們對核爆悲劇的嚴正控訴。

在漆黑無光的暗室裡，僅以手電筒的微弱光源照射這些畫作，真是讓人膽顫心驚。若非事先知道這是描繪核爆後景象的畫作，恐怕真會誤以為——這就是地獄的實相！

左側牆角處有一個鐵櫃，並未上鎖。我在櫃內找到一箱注射針具，與藏置在微風廣場天台的針具非常類似。

此外，櫃中還有幾份油墨印製的文件。

最引人注目的是《末世原道》，篇幅不長，但內文刻意採用放大的字體，看起來像是丁光業的講道用的信眾讀本。文中提及了關於『人的存在』、『道的追尋』、『腦的開發』等議題，似乎是丁光業的思想綱要。

雖然裡頭充斥著不少似是而非的推論，但我想若是配合了講道時的集團氣氛，勢必充滿懾人的說服力。

不過，《末世原道》的理論軸心以『長生不死』為主題，結論就是潛意識的運用，但文章也到此為止了。至於該怎麼進行所謂的意識統一，全然不得而知。

丁光業的這套理論，頗有一種新興宗教的感覺。

——縱使是在徵信業界，新興宗教也是個讓人頭大的問題。

許多尋人案件，都跟新興宗教有關。正在準備高中聯考的資優生、每天接送小孩上下學的家庭主婦、唯一的樂趣就是下棋的退休老人……但是在某一天，他們突然消失在原來習以為常的生活圈中。

這些消失的人，到社會的另一個角落，去尋求真正的理想生活。

留在家裡的，只剩下一些不知所云的哲學書。

這就是新興宗教。

為了因應社會生活型態的快速變遷、時間變得零碎且不敷使用、價值觀千奇百怪，歷史上長久存在的宗教信仰，也漸漸變得笨重、缺乏彈性。

於是，近代出現了許多擷取各種宗教要義、搭配科技與心理學的新知、重新包裝組合的新興宗教。因為教義比較言簡意賅，傳播方式又結合電視或網路媒體，也符合今日社會的速效步調，所以開始被廣為接受。

然而，有些新興宗教教義過於極端、鼓吹憤世嫉俗的思想，造成許多悲劇。如美國『天堂之門』的集體自殺事件、日本『奧姆真理教』的地下鐵沙林毒氣事件等。

至於像印度『奧修靜修會』教主拉杰尼希、韓國『統一教』教主文鮮明，一方面充滿傳奇色彩、全球信奉者眾，另一方面卻也是爭議不斷的人物。

以目前手上的線索來看，無論丁光業的本意為何，在他死後確實有一批信眾想取得核彈，在明日零時的台北市引發毀滅性的核爆恐怖攻擊！

另外一份名為《戰墟斷想》的文件，則談到了丁光業回台的真正原因。

文章應該是五、六年前寫成的——文中所提到的五年前，是核爆後五十週年，而去年已是核爆六十週年了。

我讀到一個令我熟悉的姓名——王閔晟。他正是去年在南投玄螢館發生的『超能基因』事件裡，掌握真相的關鍵人物之一。不過，在丁光業的故事中，王閔晟只是在不知情的狀況下，為蘇定峰穿針引線而已。

總而言之，要進行規模龐大的核彈研發計畫，卻希望完全不會走漏風聲，是絕對不可能的。除了詹森以外，曾經參與過『新竹計畫』的蘇定峰也有所懷疑。

所以，關於『第二方案』這項國防機密，首先是從詹森、顏治穆的女兒顏映蓉那兒洩漏了一些，再來就是蘇定峰的部分。

兩者，皆是魏楨平希望『第二方案』能夠繼續下去，為了解決研發團隊的幽閉心理症狀，而允許人員秘密通信而造成的結果。

到最後，兩者都匯集到丁光業的手上！

換句話說，丁光業之所以能夠協助顏映蓉追蹤顏治穆的信件，並非真的迂迴輾轉地從南非的信箱下手，而是輔以蘇定峰提供的線索才得以達成。

《戰墟斷想》中的丁光業，形象倒不像一位宗教思想大師，反而具備人民運動領袖的人格特質。不過，在耶路撒冷待了很長一段時間的他，看遍戰亂，對於宗教與人民運動、甚至反政府游擊隊之間的結合，應該也是得心應手吧。

不過，唯一的關鍵點卻沒有辦法從《戰墟斷想》中獲得。

顏映蓉曾說，她不得不帶領這群狂熱的信眾執行核爆計畫。這表示她已經承認了丁光業確實是核爆計畫的主導人。

讀過《戰墟斷想》以後，丁光業回台的目的才終於澄清。

他是受蘇定峰之託，準備讓台灣失去核彈。

——但，為何丁光業在奪取核彈後，並沒有實現他對蘇定峰的承諾，設法謀求和平，卻反其道而行，決定將核彈引爆？

——後來究竟發生了什麼事，使丁光業改變了心意？

忖度之間，我走向供奉室的另外一側。

右側牆面上貼滿慘不忍睹的黑白照片——這全是廣島、長崎的核爆倖存者，在醫院裡急救、臨終前的歷史紀錄！

一位學生穿著的女孩，手臂僵直地躺在榻榻米上。由於熱灼傷，她的臉部全毀，只剩腫脹潰爛的口唇尚可勉強辨認，從照片上無法看出是否仍有生命。

一位全裸的士兵，俯在簡陋的草蓆上等待救治。從頭部開始直到大腿的一整片背部，鋪滿了顏色怪異的灼傷傷口，有如炭灰。

一名骨瘦如柴的男孩，裸身躺在推車上接受緊急治療，由於雙腿受到熱灼傷，變成竹竿粗細般的雙腿，連腳部也變形了。

頹圮荒涼的路邊，倒臥著已經失去身體輪廓的焦骨，無人認領。

半人半屍、奄奄一息的重傷者，與枯骨躺在一起。

母子在路旁一起死去。

此外，急救醫院裡拍攝的照片也貼了不少。

有如巨蠶的屍骸般攀附、黏臥在灼傷傷口上、像是路邊的柏油破洞隨意修補，這樣的瘢痕稱為蟹足腫。核爆灼傷所產生的蟹足腫，不僅變色、變形，經常是大面積地佔據全身皮膚，猶如妖魔的永久糾纏。

核爆後的蟹足腫，是象徵死亡的可怖烙印。

將這些令人哀傷的歷史照片懸掛在『供奉室』裡，我無法瞭解丁光業及其黨羽，為何依舊能夠義無反顧地執行這項恐怖行動……誠如他自己在《戰墟斷想》所自問的，為了人類屠殺同類的決心如此堅毅？

櫃子裡只有這兩份文件，甚至沒有恐怖攻擊計畫的人員名冊。而，參與核爆計畫的信眾，也全都死在供奉室外的大房間。

總之，待在這座廠房，我想再也得不到新的線索了。

『如紋。』

靜靜地從歷史悲劇中抽離、讓心裡的情緒平穩以後，我打電話回KTV包廂。

『鈞見，』如紋仍維持一貫的冷調，『你的聲音……到底怎麼了？』

『我沒事。』她絕對想像不到，我正與十餘具屍體共處一室。『可以幫我查一個人嗎？』

『說吧。』

『中研院的核物理學家，叫做蘇定峰。』

『知道了，給我二十分鐘。』如紋明快地應允，『鈞見，你什麼時候能回來？』

我察覺到如紋的憂慮，『……就等我到半夜十二點吧。』

『……如果你遲到了呢？』

『那就見不到我啦。妳也不用再等了。』

『你敢遲到，』此刻，如紋的聲音顫抖得令人憐惜，『就休想拿到這個月的薪水……』

『我知道。』

『那，先這樣了。』她結束通話。

如紋這麼急著掛上電話，也許是不想讓我發現她在擔心。與林小鏡完全相反，如紋對待我的態度通常又冷又悶、公事公辦。遇到私事的話……得求她。

事實上，在供奉室裡還有一個謎團尚未解明。

我根本沒有找到——顏映蓉所說的核彈。

4

『嗨。』

『張鈞見，你現在人在哪裡？』

聽到呂益強的聲音，忽然使我的心情平靜了一些。縱然在今天一天內連續發生多起事件，呂益強也未露疲態，語氣更一如往常。不愧是警界精英。

『我在……汐止工業園區的一間廠房。』

『哪裡的廠房？』呂益強頓時語氣緊繃，『為什麼？』

我告訴他詳細的地址，『這間廠房，是末世基金會租的，用途應該就是做為恐怖攻擊事件的基地。槍械、炸藥也都存放在這裡。』

『你一個人闖進去？』

『不。有一個朋友幫我忙。』

『是誰？』

『這說來話長……』

『沒關係，有多長都沒關係。』呂益強輕輕地諷刺，『我可以慢慢聽。』

『呂益強，先告訴我好嗎？』我轉移話題，『方嘉荷是不是真的加入了末世基金會？』

從話筒中，我聽到他在說話前，先吐了一口長氣。

『我現在就在基金會的辦公室裡，清查會員、贊助人名單，以及講座活動的簽到簿……』呂益強的動作還真快，人已經在長庚醫院附近的會址了。『目前雖然還沒有看到她的名字，但基金會確實定期舉辦心靈成長講座，而且租用「香榭國城」三樓的會議室，已經有一年多的時間。要找到她的名字，我想只是時間問題。』

『那麼，傅津驊呢？』

『他是末世基金會的輔導個案。』呂益強似乎在翻資料，『進入基金會後，他有兩次被派遣到非洲、中東等地區擔任義工，每一次都長達半年。』

『也許他是去那裡見習別人怎麼進行恐怖攻擊的。』

『我也這麼想。』呂益強言歸正傳，『好，那你現在可以告訴我，到底是怎麼回事了吧？』

若要呂益強協助，只得據實以告。看來是迴避不了了。

『這群恐怖分子裡，有一位叫做顏映蓉的女子……她陣前倒戈了。』

『她把基地的地點告訴你？』

『是的。』

『……顏映蓉，』呂益強好像又在翻資料，『她的來頭也不小。在中東地區長大，早年就已經跟隨丁光業雲遊四海。來到台灣，丁光業也只帶了她，創設了末世基金會。她可以說是丁光業的第一機要秘書。換句話說，丁光業是被最親密的戰友背叛了？』

『要這麼說也可以。』

『可是，』呂益強突然疑惑起來，『光憑你們兩人，就制服了所有的恐怖分子？』

『這個嘛……』

『微風廣場紀伊國屋，與市政府新光三越的槍擊案，警方也鎖定嫌犯的身份了。』呂益強補充，『這個人叫林文城，黑道份子，外號「狼牙」，曾經是讓警方頭痛的麻煩人物，不過，這個人非常狡猾，近年來也很少看到他露面了。

『我清查過會員名單，沒有林文城的名字。可是，基金會卻付過他兩、三百萬的錢。這種人可以說是……』

『傭兵？』

『或是職業殺手。』他說：『林文城是用槍高手。你在新光三越搶到他的狙擊槍，可以說是拔掉了他的「狼牙」。張鈞見，現在你連他都抓到了？』

『我沒有抓住他——其實，我誰也沒有抓到。』

『什麼意思？』

『這座廠房，現在已經變成一個命案現場了。』

呂益強立刻追問，『死者是誰？』

『我不知道。死者很多。我沒有發現半個活人。』

『死者總共有多少人？』

『十七個人。』我稍作補充，『十一個男的，六個女的，他們身上全都沒有識別證件。你要來之前，順便帶著會員的資料、照片來做比對……』

在這些人之中，有一具女性屍體的衣著雖然與其他人差不多，都是身穿白色長袍，但布料顯然比較高級，袍襬的紋飾也比較複雜。

——她，會是顏映蓉嗎？

『死因呢？』

『謀殺。看起來像是有人以機關槍或衝鋒槍，在現場狠狠地掃射過。』

『我知道了。』呂益強態度果決，『我立刻就過去。你等我。』

『呂益強，』我沒有答應他，『你不用等我了。』

『……為什麼？』

『我還有事要忙。』

『你已經找到恐怖分子的基地，而且大部分的恐怖分子也都喪生了。』呂益強阻止我，『如果還有什麼需要偵查的，也只剩必須找出究竟是誰殺了這些人。我認為，接下來的工作都是警方的事……』

『沈兆茂清醒了嗎？』我沒有讓呂益強繼續說下去。

『還沒。』呂益強回答，『我也還抽不出時間去醫院。』

『呂益強，你曾經告訴過我一句話——現在，我要反過來提醒你。』

『我說過什麼？』

『你說過，如果這個案件超過台北市警局的職權範圍，高層就會立刻插手，對吧？』

『……我是說過。』

『那麼，我現在可以很清楚地告訴你，如果你想繼續查這件案子，就不要阻止我。這個案件已經超出市警局的職權範圍了。』

『即便如此，那也不該是由徵信社的調查來管。』呂益強反駁，『張鈞見，你到底還要查什麼？』

『我不能告訴你。』我斷然回答，『你可以等沈兆茂清醒時再問她。我沒有說出來的權利。』

『……是國家層級的機密？』

再解釋下去，核彈的秘密就保不住了。『總而言之，你快點趕來吧。』

『張鈞見，你最好在現場乖乖等我！』

距離午夜零時愈來愈接近，恐怕快要沒有時間了。

現在的時間到底是幾點了？我沒有馬上回答呂益強，立刻檢查手機上的時間。

十點十二分。

『真的要我等你是嗎？』我開始有些動搖。

因為——時間愈來愈緊迫，而我手上的線索卻依舊少得可憐。

堆滿屍體的大房間，我仔細辨認過每一個死者的臉。不過，除了女打仔以外，我並未發現男低音的屍體。而且，我沒有看到『墨鏡』——也就是外號『狼牙』的殺手林文城。

林文城是傭兵。他的心中沒有留在這種地方的信仰。

我沒有見過在電話裡發號施令、指揮綁架案的發言人，也不知道顏映蓉的長相。

至於其他死者，我對他們更是一無所知。

假使無法鎖定恐怖分子中的背叛者究竟是誰，我不知道該到哪裡去找核彈。

所以，我依然需要警方的線索。

警方在基金會辦公室找到的會員名冊，很可能就是找到核彈的關鍵！

比對基金會的重要幹部與現場死者的身分，以消去法找到這群恐怖分子的背叛者。

『你千萬別走開。接下來的事情，就交給警方吧！』

『呂益強，你趕來汐止這裡，需要多少時間？』

呂益強顯然一時語塞。『警方……還沒有找到方嘉荷的名字。另外，丁光業的下落，基金會辦公室的值班人員也推得一乾二淨，全說不知道……我必須蒐集足夠的證據，找出所有的疑點，無法像你這樣自由自在地查案子。』

『我明白。』

『最快也需要半小時以上……』

『抱歉，這樣一定來不及。我不能等你這麼久。』我沒有再多說，掛上電話。

假使盜走核彈的某人，目的只是為了要阻止核彈的引爆——那麼，這個人並不需要以這麼殘忍的方式，殺害這麼多人。

這個竊賊必然是為了某個更兇狠、更惡毒的理由，才會以這種方式奪走核彈。

換句話說，核彈依然很可能會被引爆。

所以，我得阻止那個人——雖然我還不知道他是誰。

要找出這個人，只能沿著我所能掌握的線索，在時限來臨前繼續追查。

『如紋，』我一面下樓，一面撥打手機。『怎麼樣？』

『我查到蘇定峰了，』如紋的聲音聽起來已經等了很久，『他現在人還在辦公室。』

『哪裡的辦公室？』

『中央研究院，』如紋回答，『在南港區。』

『他還沒有退休？』

『還沒有。不過，聽說快了。』

一邊聽著如紋的說明，我走到廠房後門──但，我發現廠房的鐵門卻無法打開！

『鈞見，你怎麼不說話了？』

『我沒事。』

有人在我進入廠房之後，偷偷將廠房封鎖了。

『幫我打通電話，問蘇定峰二十分鐘後能不能跟我見面。』

『二十分鐘後？你人在那附近？』

『不算遠。』

『要用什麼理由跟他約？』

『告訴他，我是末世基金會丁光業的朋友。』

『好，我知道了。』如紋明快地回答，『鈞見，你真的沒事吧？』

『我很好。』

此刻，我正循著手電筒的光束，一步一步走下廠房的地下一樓。我得確定一下，地下一樓除了先前所見過、類似車床的機器以外，是否還有其他東西。

我的額頭，此刻遽然刺痛起來。
很快地，我終於知道後門左側那間軍火庫為何空無一物了。
所有的Ｃ４炸藥，全都被搬到地下一樓來，仔細而周全地固定在這些車床一類的機器，以及其他外型更難以描述的機器周圍。
然而，非常引人注目的是，這些機器上頭都有一項警告標示──
我記得，在健康檢查所用的Ｘ光機，也可以看到同樣的標示。
代表危險，具有放射性！
『在我回來以前，替我好好照顧林小鏡……還有「流瀑」。』
『嗯。』
我在察覺到自己的聲音開始顫抖之際，立刻與如紋結束通話。
果然，我在連接著這些Ｃ４炸藥的引線末端，看到了再熟悉不過的ＬＥＤ面板。
這間廠房，確實是一個死亡陷阱。
設置這個陷阱的人還算仁慈，他給了我非常多的時間在廠房裡進行偵查。
也許他沒有留意到自己給了我太多時間、也許他決定為我留下一線生機、也許他希望我在最後一刻能夠瞑目、也許他確信我絕對逃不出這個陷阱……
無論如何，我只剩下不到五分鐘的時間。
再次鎮定地以手電筒四處照射，確認了地下一樓的Ｃ４炸藥──與我在徵信社辦公大樓的購物中心整修區所看到的，大約是超過四倍的數量。倘若『香榭國城』大樓的炸彈數量與購物中心整修區一樣，那麼……

這座廠房將會徹底消失。

包括眼前的這些機器、二樓的命案現場、丁光業的供奉室、還有那份內容怪異的教義。

努力忍受從額頭所發出的強烈警訊，我知道——

我會死！

5

這座以鋼鐵、水泥構成的廠房，將會以地下一樓為爆心，在五分鐘後整座炸毀。

即便腦海中湧現數不清的、有機會生還的解決之道，我卻只能選擇其中一種。根本沒有時間試兩種以上的方法。

第一種方法是，馬上拆除炸彈。

我確定這種方法很危險，將提早讓我沒命——恐怖分子這次勢在必得，不需要再跟我玩拆炸彈的遊戲。

LED面板周邊的電線，似乎比今天下午在購物中心看到的更複雜。

李英齊曾經教過我炸彈的基本結構——炸藥、計時器、電池，以及引爆用的雷管——此外，當時他也在我描述電路圖的時候，簡略地告訴我哪些線能剪、哪些線不能剪。

不過，就算能夠剪斷其中幾條電線，使部分炸藥暫時失效，只要不能剪斷所有的雷管，時間一到，全部的炸藥依然會爆炸。

除非能破壞關鍵雷管的保護電路。

而，李英齊也誠實地讓我知道，這個部分他沒有十足的把握。

最後，他也沒有因為從警方那兒學會了防爆技術，而保住自己的性命。

儘管李英齊確知這些炸彈的定時電路原理如出一轍，但在細部的設計上，仍然可以產生出截然不同的結果。相信這裡的炸彈也是一樣。

第二種方法是立刻逃離現場。

但，沒有出口。

後門有一扇沉重的鐵門，前門入口、卸貨區各有一扇鐵捲門，全都是封閉的。想當然爾，恐怖分子不可能讓我按個開關，就把鐵捲門打開。一樓的窗子全都裝設了鐵窗，成人無法通過。

二樓甚至連陽台都沒有。四面牆壁上的窗子雖然沒有加裝鐵窗，但位置卻設在根本搆不著的高度。

儘管我可以利用丁光業的透明棺材來做為踏腳石，但我並不知道那具棺材究竟有多重。

換句話說，光是搬動那具棺材，就不知道要花多少時間。

即便我真的爬出去了，現下短暫至極的時間，也沒有辦法讓我逃得太遠。

到時候，我沒有把握能逃到爆炸範圍以外的地方。

——該怎麼辦？

只有一個辦法能試了！

然而，這個辦法本身卻也很可能足以造成致命性！

事到如今，我沒有選擇的餘地。

於是，我立刻取出身上的瑞士刀，以小剪刀剪斷定時炸彈上其中一條紅色的電線。

在剪斷的瞬間我閉上了眼睛……

——沒有爆炸！

眼前這個定時炸彈，跟購物中心的那一顆，這個部分果然是類似的！

我有一種神秘的感覺，腦海裡彷彿還迴盪著李英齊的聲音，給我義無反顧的勇氣。

接下來，我再度閉上眼睛，剪斷了另一條白色的電線。

炸彈同樣沒有引爆。

——逃生的第一階段，順利過關！

我順著這兩條紅色、白色的電線迅速摸索著，很快找到了一根埋沒在Ｃ４炸藥間的雷管。

然後，我小心翼翼地以瑞士刀切開雷管周邊的炸藥，撕開膠帶，將整個炸藥取下。

我握好這一小塊Ｃ４炸藥，立刻狂奔上樓。

最後看了最後一眼ＬＥＤ面板，我還有三分鐘。

時間刻不容緩，我一邊輕聲讀著秒，馬上就來到卸貨區，我隨即將這塊比手掌還小的炸藥，以先前撕下的膠帶重新固定在鐵捲門上。

接下來，我以瑞士刀打開了距離鐵捲門最遠的那輛卡車的後車門。

與我的設想完全相同。

這輛曾經偽裝成水電工程公司的載貨卡車，裡面果然放置著水電相關的工具組。

其中，也包括我所需要的電線！

緊接著，我打開了卡車的前車蓋，將兩條長度足夠的電線，一端連接到雷管上，另一端則連接在卡車的電瓶上。

我打開卡車的駕駛座車門，進入車內。

儘可能讓自己的身體躲在座位下方，我帶著其餘的電線，連接卡車的發動裝置。

雖然不知道定時炸彈在多久以後即將引爆，但我的讀秒已經超過一百了！

——剩下最後一個步驟！這是我僅有的生機！

以電線兩端外露的金屬相互碰觸，原本死寂的卸貨區，突然出現震耳欲聾的爆炸聲。

我躲在座位下方緊閉雙眼，感受到頭頂上方凌亂撒落的玻璃碎片，以及急速衝撞的強風！

我所使用的C４炸藥相當少，雖然可以確認自己不致提早歸西，但我也無法保證這麼做必然能夠炸毀鐵捲門。

此外，整座廠房也很有可能迅速燃燒，使地下一樓的C４炸藥提早引爆。

總而言之，這是十分危險的逃生方式，但卻也是唯一的方式！

爆炸聲雖然很快停息，但濃煙則嗆得我幾乎看不見車前的狀況。

然而，距離鐵捲門最近的卡車，此時突然起火燃燒，一瞬間將卸貨區照耀得刺眼逼人！

我立刻坐回駕駛席，確認卡車的引擎已經啟動。

濃煙稍散，鐵捲門確實被炸開一個大洞，周圍也不斷地燃燒著熊熊的火光——與C４炸藥這麼近距離的接觸，才真正感受到它震撼性的威力！

我知道自己甚至連繼續讀秒的餘裕都沒了，馬上反射性地踏緊油門，往鐵捲門的洞口前進！

用力扭轉方向盤，我閃過一旁燃燒正熾的卡車，衝出了冒著濃煙的鐵捲門。

隨即，從殘破碎裂的後照鏡，反射出一道劇烈的火光。

廠房終於爆炸了！

我只能踩緊不斷往前飛馳，全然無法顧及後方猛然襲來的巨響、風壓及熱氣！

此時此刻，我必須專注前方道路。

我讓卡車轉入福德一路、往南陽大橋的方向開去，隔了數百公尺仍然可以聽見恐怖懾人的爆炸聲，彷彿將整個汐止工業園區都震醒了。

『如紋。』

我暫且將卡車停靠在南陽大橋空無車輛的道路上，沒有熄火。我看見大同路上有許多車輛都停了下來，下車的駕駛人紛紛注視著不遠處火光衝天的爆炸現場，有如在觀賞一場近在咫尺的煙火表演。

『鈞見，你剛剛怎麼急著掛我電話？』如紋的聲音不是很開心。

『我臨時有事得稍微處理一下……』我轉移話題，『約到蘇定峰了嗎？』

『約到了。』如紋說，『可是，他雖然願意見你，卻說他不認識丁光業……』

『是嗎？』

『不過，他說他聽說過末世基金會。』

『好。我馬上就過去。』

然而，我卻沒有立即踩踏油門。

火焰四射、明亮閃爍的爆炸現場，將原本闇黑沉鬱的基隆河映照得波光粼粼，宛如白晝，也令我幾乎忘了眨眼。

縱使呂益強趕來，也沒有機會再搜查廠房裡的命案現場了。

這是一個僅僅存在著一個多小時的命案現場。

也就是說——我原本希望，呂益強可以帶著基金會的會員名單，比對出那個帶走核彈的叛變者姓名；同時，我與蘇定峰談過以後就能推測出叛變者的動機，甚至有機會一併推測出核彈的藏匿處，甚至引爆地點……這樣的計畫，有一半已經落空。

此外，這也是第二次，李英齊救了我的性命。

若非他的傾囊相授——即便他總是帶著一份炫耀才華的傲氣，我沒有辦法利用Ｃ４炸藥在生死關頭開出一條活路。

在他身陷『香榭國城』火海的那一瞬間，景象恐怕也不過如此。

且讓我在火光最為耀眼的這一刻，再為他悼念一會兒吧。

6

從汐止工業園區前往位於南港邊陲的中央研究院，距離比原先想像得要更近。從南陽大橋轉往大同路末端，很快就可以接連南港路，再經過平交道沿著研究院路，不消幾分鐘路程就可以抵達。

另外，這一次也不需要搭乘計程車了。

只不過，開著這輛衝出火場的卡車，我引來路上一些駕駛人的目光。這也是沒辦法的事。

在經過平交道之際，我已經聽見消防車緊急駛近的鳴笛聲，朝爆炸方向前去。

我相信呂益強很快就會得知廠房爆炸的消息，並感受到案件的複雜規模——只是，我很懷疑，承受了更甚於『香榭國城』的爆炸威力，火勢撲滅後的廠房還能留下什麼可用的線索。

由於此區的發展較早，研究院路的路面並不寬敞，兩旁的建築物也較為低矮老舊，陳舊過時的商店招牌、古意盎然的寺廟櫛比鱗次，與市中心的簇新容貌大相逕庭。

如紋告訴我，中研院物理館位於側門附近。

我所駕駛的卡車，擋風玻璃已被C4炸藥震碎，正門警衛恐怕不會隨便讓我換證入內。看來只能將車子任意安插在狹窄的馬路邊，從側門徒步進入。

時間已經接近十一點。汐止工業園區的廠房爆炸事故，並未驚動此區居民，正如同學術單位予人的印象——院區周邊透散著一種保守嫻靜、知性溫和的悠然姿態。

物理館是一棟樓高四層的圓柱形建築物，位於側門的草坪後方。

由於正面門楣鑲有外露、現代感十足的玻璃窗，不知為何，我竟感覺它的外型有一點像是停泊在城市裡的太空船。

館內此時仍然點著燈火，暗示著研究員對知識探索的戮力潛心。

站在物理館正庭，我以手機打了電話到蘇定峰的辦公室。

『請問是蘇博士嗎？』

『我是。』

話筒裡是個老成穩重的聲音。

『不好意思，我是先前請秘書通知你、想與你見個面的張鈞見。』

『末世基金會的張鈞見嗎？』

『對。』

為了讓我見到我想見的人，不管是利用什麼身分，如紋都可以得心應手地替我安排。

此外，不管對方問什麼問題，我都可以理所當然地回答，這也是我的風格。

『我馬上就準備離開辦公室，』蘇定峰說，『張先生，您人在哪裡？』

『我現在就在物理館外。』

『這樣啊……那麼，請你等我五分鐘。』

蘇定峰的動作很快，並沒有讓我等足五分鐘。儘管我在過去的辦案經驗中，也曾遇見過一些學者型的人物，但蘇定峰很可能是其中眼神最天真無邪的一位。

我們握了握手。

我注意到他的襯衫，如同他的灰髮一樣不修邊幅。

『你真的代表末世基金會嗎？』

與外表的柔和感相反，蘇定峰的語氣直來直往，絲毫沒有迂迴。

我沒有直接回答他的問題，只是不發一語地凝視著他的雙眼。

『看起來一點都不像。』蘇定峰自顧自地笑了笑，然後說：『末世基金會從來不曾在這種時間找過我。更何況，在我接觸過的人裡，也沒有出現過你的名字。』

『蘇博士，我的確不是末世基金會的人。這只是個讓你願意見我的藉口。』

『你怎麼知道我會對這個藉口有興趣呢？』

蘇定峰開朗地笑了幾聲。

『我在基金會裡找到一份文件，裡面提到了你的名字。』我從身上拿出幾乎已經被我揉成一團的《戰墟斷想》。『這篇文章，提到你與基金會創辦人丁光業的認識過程。』

『讓我看看。』

蘇定峰將文件接了過去，從胸口口袋裡掏出老花眼鏡，依著物理館前的黯淡燈光稍微翻閱了一會兒。

然而，他的表情卻像是在閱讀一篇虛構的大眾小說。

『這篇文章很有趣。』蘇定峰將文件還給我。

『但是，你卻告訴我的秘書說，你並不認識丁光業。』

『跟你的名字一樣，我沒有聽說過丁光業。』

『所以，這篇《戰墟斷想》裡所提到的事也全都不存在嗎？』

『十年前，我去過一次廣島。』蘇定峰以目光向我示意，『願不願意陪我去那邊坐一下？我有點年紀啦，站太久會累。』

『當然。』

蘇定峰所謂的『那邊』，其實只是物理館的停車場與前方小草坪之間的台階。

在核彈引爆倒數計時的此刻，我竟然還能悠哉遊哉地陪蘇定峰坐下來，沒有表現出緊張倉皇的神色——這，也許是因為中研院平和寧靜的氣氛。

我們並肩坐下來之後，蘇定峰才繼續說。

『正如這篇文章說的，我去廣島是為了和平紀念日的學術參訪。這個部分是事實。不過，那次參訪，我記得我們只在廣島待了一個中午，並沒有在當地下榻。』

『蘇博士，十年前的事情，能夠馬上記得那麼清楚嗎？』

蘇定峰再度笑了兩聲。

『千萬不要小看老頭子的記憶力哦。』他說：『因為，當時我在廣島迷了路，花了一個多小時才跟旅行團會合。那是我出國參加學術活動，最出糗的一次，所以印象非常深刻。』

『是這樣嗎？』我追問，『可是，你精通日語，卻在廣島迷了路？』

『呵呵，這個部分嘛，文章裡完全說錯了。我只懂得非常簡單的日語，程度跟一般人一樣差不多。』

『你的母親也不是日本人？』

『我母親是日本人沒錯。』他回答，『但在我還沒有記憶時，她已經過世了。我是在台灣長大的。』

『蘇博士，你說你年紀大了，要找我來這裡坐一下……難不成，這是在爭取時間，讓你想個完善的藉口來自圓其說嗎？』我不放棄地說。

『不相信我嗎？』

『這篇文章，可是我冒著生命危險才找到的啊。』我苦笑了一下，『怎能隨便否定？』

蘇定峰的笑容更甚方才。

『所以我才覺得有趣。』蘇定峰說：『特別是杜撰這個故事的人，不曉得他是為了什麼目的才寫出這種文章。』

『那麼，蘇博士，你為何願意見我呢？』

『我剛剛說過，我接觸過末世基金會的人。但卻是第一次有人拿一個陌生人的名字當理由，篤定我會見他。我一開始有興趣的是這件事，沒想到你帶來的東西也很有趣。』

『末世基金會的人，為什麼會找你？』

『他們希望我能過去做一些演講，不過我沒有答應。』

『為什麼？』

『他們希望我能開幾堂核子物理的課程，而且內容愈專業愈好。』蘇定峰說，『雖然我很高興一般民眾對科學知識有興趣，但這樣的要求實在太過於奇怪了。』

『好像是。』我突然想到福爾摩斯探案的〈紅髮聯盟〉。

『結果，現在讀了你帶來的文章，我總算知道這是怎麼一回事了。』

『真的嗎？』

『我先假設末世基金會的要求，跟這篇文章有關。』

『嗯。』這種說法果然是物理學家啊。

『這篇文章有幾個不太合邏輯、但是很有趣的地方。』蘇定峰開始說明，『你所提到的丁光業，在這篇文章裡像是個人民運動的領袖。但是，他年輕時就離開台灣、而且從來沒有回來過，為何在台灣能夠有眾多的追隨者？』

『也許他的追隨者已經在他的身邊，而且都願意跟他來台灣。』

『其次，核彈是屬於國家層級的機密，這樣的事，能夠託付給一個初次見面的人嗎？』

『也許這是丁光業將你們多次會談結果，簡寫濃縮過了。』我回答，『同時，這也是在暗示丁光業的強大的個人魅力。』

『這種說法倒是很有道理。』

蘇定峰完全沒有否定我，反而以一種實事求是的態度在檢視這篇文章。

『所以，只要我去了末世基金會，開了核子物理講座，』他哈哈一笑，『那麼我是不是就跳進黃河也洗不清了呢？』

『……什麼意思？』

『因為這些疑點全都可以解釋得通，這篇文章很容易變成事實。』

的確如此。

甚至，不需要親自到末世基金會開課，只要曾經通過幾次電話，文章就可以變成真的。

『寫這篇文章的人，很瞭解我的背景。絲毫沒有不正確的地方，但是全部組合起來，卻是虛構的。他真的寫得很小心——我的學術背景，曾經在清大教書，去過廣島……最重要的是，裡頭提到了一個非常敏感的問題——那就是丁光業回到台灣的原因。』

『竊取核彈嗎？』

『嗯。』

『蘇博士，你確實參與過「新竹計畫」？』

『這件事情，我不能告訴你。』

『聽說過「第二方案」嗎？』

『你可以自己猜。』

『我明白了。』

『不過，你可以假設我從來沒聽說過這些名詞。』蘇定峰眨眨眼睛。

『好。』

『在百分之九十九的事實上頭，加上百分之一的謊言，』他把話題拉回來，『就會成為牢不可破的騙局。』

『我非常同意。』這種事我也常做。

『既然文章中提到我的背景，全都正確無誤。那麼我跟丁光業的秘密會面，自然變得很有說服力。』

『但是，為什麼這個人要拖你下水？』

『這個問題我們可以先擱下，』蘇定峰注視我，『我想先問你一個問題——張先生，你既然不是末世基金會的人，那麼究竟是什麼來歷？』

『呵呵。我還真怕你會忘了問我這件事。』

『千萬不要小看老頭子的記憶力哦。』

『事實上，我是一個偵探。』

『你的長相不太像。』

『這就是我的保護色啊。』

『那麼，你為何要追查這些事情？』

『我是無辜被捲入事件的。』我苦笑，『事到如今，我不查也不行。』

『怎麼說？』

『有人想要利用從「第二方案」奪得的核彈，準備在今天晚上的零時引爆！』

蘇定峰聽了這句話，眼神一下子變得警覺起來。

『……這是真的嗎？』

『今天下午在國父紀念館附近、一個小時前在汐止工業園區……陸續發生了爆炸案，這是恐怖分子準備將核彈引爆的警告事件。』

『國父紀念館的爆炸案，我從新聞上知道了。』蘇定峰詢問，『事件跟末世基金會有關？』

『沒錯。』

『可是……這是不可能的啊！』

蘇定峰的回覆，令我不由得迷惑起來。

他的語調中突然出現一種鬆了一口氣的感覺。

『……為什麼不可能？』

『若是按照剛剛的邏輯，末世基金會的人就算是恐怖分子……』蘇定峰說得斬釘截鐵，『他們的手上也不可能有什麼核彈啊！』

7

我對這句突然其來的結論大感詫異！

那麼，末世基金會的恐怖分子，為何會無所不用其極地想讓人認為手上擁有核彈？

『蘇博士，我不懂你的意思……』

『哎呀呀呀，說了這句話，等於是不小心把機密說漏嘴了呢。』

蘇定峰笑了笑，把話打住，沒有繼續解釋。

看著蘇定峰微笑卻沉默的表情，我開始想通了。儘管他對末世基金會的事情所知甚淺，但對另一件事的內幕則瞭若指掌。

『蘇博士，我是這麼想的。』我決定替他把話接下去：『根據我所得到的情報，那群人花了很長的時間，計畫搶奪蘭嶼核廢料場的鈽金屬，目的就是為了自製核彈。

『很巧合的是，這些鈽廢料的用途，剛好就是用在「第二方案」。為了躲避美國監控，「第二方案」必須從鈽廢料萃取純化出鈽金屬，進行核武研發。因此，那群人的動作，令人不由得不懷疑他們事先掌握了「第二方案」的機密。』

『然後呢?』

『取得核廢料之後,他們在汐止工業園區租了一座廠房,我認為就是用來進行鈽金屬的萃取純化。機器就放置在廠房的地下一樓。

『不過,就算他們已經偷到核廢料、也架好機器了,卻缺少更深入、更實用的核子物理知識。所以,他們才會跟你接觸,希望你能開課。』

『但是,我不可能告訴他們如何製造核彈啊。』

『當然是這樣。』我回答,『但是,我知道那群人綁架過小孩,也利用過女人,所以我相信他們也不會對老頭子太客氣的。』

『如果我答應他們了,我就會被關到核彈做出來為止。是嗎?』

『是啊。他們的精神領袖就是丁光業。所以,丁光業才有必要寫出那篇《戰墟斷想》,假造你們兩人的淵源,以說服追隨者把你請去。』

『聽起來,他們並不是窮兇極惡之徒,而是被丁光業利用了?』

『歷史上的戰爭為何能夠開始,也經常是因為有一批優秀的軍人、科學家單純的想法,被野心人士利用了。大部分的人,原本都不是窮兇極惡之徒。』

『跟老頭子說話,不需要這麼故作成熟啊。』

『知道啦。』我繼續說明,『從蒐集情報、吸收人才開始,一直到各項繁複、細膩的佈局及行動,丁光業要花費多少力氣才能做到現在的程度?所以,蘇博士,我無法理解你剛剛為什麼會認定那群人手上沒有核彈。

『縱使你沒有上鉤，也不表示其他物理學家不會上鉤。《戰墟斷想》的主角雖然是你，但丁光業手上也許還有主角是別人的《戰墟斷想》。』

蘇定峰卻搖搖頭。

『張先生，把一些可能性極高的事實組合起來，再配合一些合乎邏輯的想像力，就能獲得一個異想天開的答案。這個部分你很拿手。

『不過，這樣的結論，就像那篇虛構的《戰墟斷想》一樣，是百分之九十九的真實，混雜百分之一的虛假，反而可以成為最牢不可破的說詞。能夠引發核分裂反應的鈽，與空有放射性的鈽之間，差別也只不過幾顆中子。

『事實上，要製造出一顆核彈，困難的程度是遠遠超過你的想像啊。』

『……是嗎？』

我已經幫蘇定峰把他不願意說明的國家機密講清楚了。他當然知道我的意思，於是接下去詳細解釋。

『首先，核廢料與核彈，雖然表面上是很相似的名詞，實質上卻是完全不同的東西。沒錯，核廢料可以經過再生處理，變成核彈燃料。但是，核廢料再生工廠主要都在歐洲，全世界也沒有幾個地方。只要沒有經過再生處理，核廢料就不可能變成核彈。』

『我還以為，製造核彈是一件很容易的事。』我想起好萊塢電影對核武危機的描述，『困難的是核燃料的取得。』

『取得核燃料當然不容易，但是製造核彈比取得核燃料，困難度其實更高。不僅所費不貲，一切的過程都需要許多專業科學家的參與。』

我回想起『新竹計畫』。要是這麼容易就能將核彈製造出來——經過這麼多年的研發，台灣的核科學家們擁有國家級的資源，為何仍舊被美國人綁得動彈不得？這完全印證了蘇定峰的說法才是正確的。

『如果恐怖分子手上沒有核彈，』我繼續問，『只有核廢料，沒有再生工廠、沒有科學家。他們還能做什麼？』

『事實上，核廢料仍然很危險——鈽的毒性非常強烈。但是，核污染跟核爆的等級終究天差地遠。只要找到他們設置核廢料的地點，盡速予以封鎖、疏散人群，立即進行清除，一定有機會減低它的傷害性。』

我沒有說話，沉思好一陣子。我幾乎就要被蘇定峰說服了。

然而，我依舊無法釋懷。

香榭國城大樓、汐止工業園區廠房爆炸案——恐怖分子對於『爆炸』，似乎有一種執拗至極的狂熱堅持。非得要把建築物在瞬間摧毀得一乾二淨不可的攻擊原則，最終的行動，居然只是散佈核能污染源嗎？

在丁光業的供奉室裡，陳列了丸木位里、丸木俊的《原爆之圖》，以及許許多多的核爆受難者、蟹足腫瘢痕的照片。他們的思考中心，無論如何都是跟核爆計畫緊密相扣的。

——這並不符合他們的行為模式！

核爆究竟有何象徵意義，我必須追查到底。

『蘇博士，關於核彈的事，我還有幾個問題想要請教。』

『不馬上去阻止他們施放核污染？』

蘇定峰的口氣，倒像是他也會跟著我去似的。

『我相信他們會準時行動的。所以我們還有一點時間。』

『那你問吧。』

『核彈爆炸以後，到底會發生什麼事？』

『你指的是核爆效應，是嗎？』蘇定峰可能是坐得累了，緩緩站起身來走動。『首先，在引爆的一瞬間，誕生於中心的火球，會使周圍的溫度暴升到幾千萬度，壓力則高達數百萬個大氣壓力。在火球中心附近的任何事物，都會在這一瞬間氣化於無形。

『接下來，這團火球會以高熱、爆炸震波、輻射線、電磁脈衝等四種形式開始四處擴張。高熱將會使一切可燃物開始燃燒，形成範圍廣泛的大規模火災；震波則會粉碎各種有形的建築物、設施及交通工具。

『但是，這兩種形式，都比不上輻射線的破壞力。核爆特有的中子群、高能X光、γ射線，會在爆炸後以光速朝四面八方射出。高速中子可以在空氣中飛行好幾公里；高能X光及γ射線可以穿透各種防禦物。

『生物若受到中子、高能X光及γ射線的照射，輕者引發輻射病變，重則輻傷死亡，甚至會因為輻射活化的影響，屍體也跟著變成輻射發射源。

『此外，核爆瞬間的電磁脈衝，將會癱瘓一切的電子儀器，讓所有的救援、通訊設備全面失效，嚴重擔誤救災時機，使破壞時間更為延長。後來軍事上發展出一種電磁脈衝彈，即是以核彈的這種特性發展而成的特殊武器。』

蘇定峰的說明儘管充滿專有名詞，但供奉室陳列的那些照片裡，那些核爆倖存者的眼神，使我感覺到一股恐怖而真實的威力。

——修羅火！

沒記錯的話，修羅就是阿修羅的簡稱，指的是與眾神為敵的魔神。敢與眾神為敵，修羅的力量當然不容小覷！

我想，這就是『第二方案』將這顆核彈如此命名的原因。

『然而，傷害最鉅的並不是這四種瞬間效應，而是放射性落塵。火球所產生的蕈狀雲，將使氣流捲起所有核爆過後的放射性物質，再慢慢隨著地心引力而落下。

『風力會將這些眼睛看不到、感覺不到的有毒物質，帶到鄰近區域，落塵的影響往往長達數週。也就是說，這段時間內只要稍微接近核爆區，就會暴露在放射性物質的危險。

『這些毒物會破壞生物的免疫系統、中樞神經系統，產生長期病變，對基因造成永久性的傷害。儘管倖存下來，也會一輩子受到病魔的折磨，無法壽終正寢。』

無論核爆是不是那群人的最終目的，這樣的結果都太過慘無人道了！

『反之，假使恐怖分子只有核廢料——那麼，他們可以利用炸藥做成「髒污炸彈」。因為炸藥的爆炸規模遠小於核彈，所以在大部分的情況下，輻射污染不會擴散得太嚴重。只不過，輻射污染會造成心理層面的衝擊。社會大眾對輻射的恐懼，經過了電視媒體的影響，往往是非常不理性的。』

『蘇博士，你的解釋真的很令人印象深刻。』我點點頭，『接下來是另外一個問題。在《戰墟斷想》中，曾經提到廣島核爆。裡頭提到是以戰機空投引爆的——在五百八十公尺的上空。這是爆炸威力最強的高度嗎？』

『我先前說過。核爆的第一瞬間是火球。若是在地面爆炸，火球雖然可以把中心地面炸出一個大洞，震波、輻射線的效果卻沒有空投那麼大。』

『也就是說，如果準備在台北市中心引爆核彈，可以選擇高度近似的位置嗎？』

『你依然認為恐怖分子擁有核彈？』

『錯不了的。』

蘇定峰好像決定放棄在這件事上面說服我。『如果恐怖分子擁有飛機，他們可以事先經過計算，找到高度適當的引爆點。』

『沒有飛機的話呢？』

『你是在暗示一〇一大樓嗎？』

『比方說一〇一大樓？』

『如果高度在一〇一大樓的兩倍高，威力應該會很可觀。』

『如果是一〇一大樓頂樓呢？』

『我認為很有限。不過，若只是恐怖攻擊，已經可以達到足夠的效果。』

『我懂了。』我繼續問，『然後是——《戰墟斷想》中，曾經提到鈾彈、鈽彈。製造核武是不是只有這兩種原料？』

『張先生，我很樂意跟你天南地北地聊核彈的事。』蘇定峰反而表現出擔心的神色：『但是，距離凌晨零時的時間已經不到一個鐘頭了。你確定這些問題，真的對案件有幫助嗎？』

『我確定會有幫助。請儘可能多告訴我一些。』

『好吧。事實上，鈾彈與鈽彈是以核分裂反應來製造爆炸的核彈。目前已知最適合的原料，就是鈾跟鈽。不過，製造核彈也可以利用核融合反應，原理與太陽相同，也就是所謂的氫彈。

『氫彈的原料是重氫元素「氘」及「氚」，與鈾、鈽相比，在地球上的含量要少得太多了。此外，氫彈的威力更強大，但製造難度也更高。除了美國、前蘇聯等前幾強以外，其他擁有核武的國家——甚至像是近期不斷試射飛彈的北韓，或是與聯合國對立的伊朗，都是沒有能力製造的。』

『另外，丸木夫婦所繪的《原爆之圖》，是指原子彈的爆炸嗎？原子彈與核彈是相同的東西？還是有什麼差別？』

『這確實是個容易令人混淆的名詞。』蘇定峰微笑，『我先前提到，核彈有核融合跟核分裂兩種做法，以核融合原理製造的稱為氫彈，以核分裂原理製造的，就稱為原子彈。』

『所以核彈是氫彈與原子彈的統稱？』

『對。』

蘇定峰的耐心也相當夠，我亂無章法地提出各種問題，到底是否真的對破案有幫助，連我自己都沒有把握，但他都願意侃侃而談。

『再來就是……《廢墟斷想》裡提到的核彈「小男孩」，有四公噸那麼重。現代的核彈一樣是那麼重嗎？』

『不，為了機動戰鬥需要，現代核彈儘可能做得小巧玲瓏，以便攜帶。背包型核彈，已經不再是虛構的武器了。』

我聽到了蘇定峰的話，反而忽然感覺一陣心跳加速。

『蘇博士，我還有一個問題要問……不過，為了爭取時間，請先讓我打一通電話。』

『請。』

我站起身來，向蘇定峰致了意，才從身上取出自己的手機。

『喂……』

可以聽得到話筒那方的情況，根本是一團混亂。警笛聲、叱喝聲、來回奔跑聲、車輛機械聲不絕於耳。

『張鈞見，接下來哪裡又有爆炸案了？』

『呂益強，你在汐止工業園區的廠房？』

『對。』呂益強說，『你為何不早點說廠房被設置了炸彈？』

『跟你通電話的時候，我還不知道嘛。』

呂益強似乎嘆了一口氣。

『找我什麼事？』

『我想要告訴你下一樁爆炸案的現場。』

『你已經在那裡了嗎？』

『我正準備過去。』爆炸現場非常嘈雜，我只好盡量放大音量，卻感覺有些褻瀆了中研院的寧靜。

『不過，我必須在凌晨零時以前到達那裡。你可以來接我嗎？』

『恐怖分子準備在那時候引爆炸彈？』

『沒錯。』

『那你直接告訴我地點，』那邊的呂益強，幾乎也是用吼的，『然後你好好回家休息。』

『不行！』

『張鈞見，你已經完成一個市民應盡的義務了。』

『但是，我還沒有完成一個朋友應盡的義務。』

呂益強頓時沉默了。

他知道我說的朋友是李英齊。

『所以，我一定要親自去一趟。』

『我明白了。』呂益強終於答應我，『我該去哪裡找你？』

『我現在在中研院。』

『距離這裡不遠。好，我馬上過去跟你會合……』

『等等，你別開車過來哦。』

『不然我要怎麼去接你？』

『爆炸的地點距離這裡有點遠。請你開直升機過來。』

『你怎麼知道這邊有直升機？』

『我聽到聲音了。』

『那架直升機，只有市警局的長官……』

『那就拜託你說服一下你的郭乃義長官吧。更重要的是，沒有直升機的話，恐怕沒辦法阻止爆炸案。』

這一次，呂益強的口氣非常果決，沒有再遲疑了。

『到了中研院，我會找地方降落的。你要自己跟過來。』

『嗯。』

『等你上了直升機，你非得好好給我解釋清楚不可。』

『我會的。』

隨即，呂益強掛了手機。

為了今天的事件，我跟呂益強講了好久好久的手機。

『為什麼要找直升機？』蘇定峰的聲音突然在我的背後出現。

『因為……』我回過頭去，有點不好意思地說：『我還想要順便搬一點那個……』

我指著物理館一旁的某個圓筒形設施。

『那個？』

『對阻止核爆有幫助嗎？』

『我不確定。但是，帶去應該會比較好……到時，也得請教你使用方法呢。』

『張先生，你這個人的腦袋到底是裝了什麼呢？』蘇定峰哈哈一笑，『這就是在打電話前，準備問我的最後一個問題嗎？』

『不是耶。』

蘇定峰領著我往大廳玄關走。我們必須在警方的直升機抵達之前，做好一切準備。

『那麼，最後一個問題是……』

我幫蘇定峰開了門，讓他先入內。

『是這樣的。如果想要取得核彈，除了ＤＩＹ以外，我想應該還有別的方法吧？』

8

上了直升機以後才忽然發現——原來，我搭過這架直升機。

這就是去年離開玄螢館之前所搭乘的直升機。

不過，跟去年的情況完全不同，這時候直升機裡頭一點食物也沒有。

『張鈞見，』在直升機的螺旋槳轉速增加，機身開始上升之際，呂益強才問：『你的臉色滿難看的。』

由於飛行中的直升機，螺旋槳所產生的噪音讓人幾乎是無法交談的。因此，若要說話，大家都得戴上耳機。

『我從中餐到現在，完全沒吃東西。』

『你非得這麼拚命不可嗎？』

我笑了。

『我想要挑戰一下自己的破案速度嘛。』

這句話當然是開玩笑的。在我被捲進這個案子時，也只不過今天中午的事。如果早就知道即將面對的是規模這麼龐大的犯罪事件，我也希望能先吃個飽再開始辦案啊。

結果，現在只能努力加快破案速度，讓自己真的能好好休息一下。

『既然你離開了基金會的辦公室，一定已經找到方嘉荷的會員資料了吧？』

『她不是會員。』呂益強說：『不過，我們發現她有參加過兩、三次心靈講座的紀錄，時間大概都是一年前。』

『只有兩、三次而已？』

『所以你的「金蟬脫殼」理論無法成立。假使方嘉荷參與了恐怖分子的計畫，那麼她不可能不是會員。』

『這樣啊……』我不由得陷入思考。『對了，你的郭長官呢？』

『他還在處理汐止廠房的火場。』呂益強也奔波了大半天，但聲音依然堅毅。一定是因為他準時吃飯。『這場火所用的炸藥，恐怕是香榭國城的好幾倍……』

『我以為他也會來。他不是會錯過這種場面的人。』

『他要我把犯人親手帶去給他，否則他不借我直升機。』呂益強朝我身旁的蘇定峰致意，並問我：『張鈞見，這位老先生是？』

『中研院的物理學家，蘇定峰博士。』

『您好，我是市警局的呂益強。』呂益強與蘇定峰握手，『為什麼蘇博士會被牽連進來？』

『這似乎是恐怖分子的誤導手法。』蘇定峰說，『他們把我寫進文章裡，跟我裝熟。』

『為什麼？』

『我不清楚。不過張先生好像有答案。』

於是，呂益強與蘇定峰一起看著我。

『好吧。我解釋。』我聳聳肩，假笑兩聲。『但是，先告訴駕駛員先生目的地好嗎？』

『還是要去一〇一大樓嗎？』蘇定峰問。

呂益強點點頭，『要往哪裡去？』

『一〇一大樓？』

因為呂益強並不知道恐怖分子的手上有核彈，對於蘇定峰的說法感覺十分疑惑。

『不是。』我回答，『我們去微風廣場。』

結果，我的答案反而出乎蘇定峰的意料之外。畢竟，微風廣場與一〇一大樓，高度可是天差地遠。

『好，那就去微風廣場。』

這個答案很快地被呂益強接受，因為他今天也去過。

呂益強與駕駛艙的飛行員確認過地點後，我們才繼續先前的對話。

『十分鐘左右就可以抵達。』

『可真快。』

『所以，張鈞見，請你快點解釋吧！』

『沒問題。』事件已經快接近尾聲了，於是，我決定開門見山：『呂益強，我要先跟你說聲抱歉。我一直沒有向你坦白恐怖分子到底有什麼企圖。』

『我只感覺到這是一個非常重要的機密。』

『他們的企圖，就是要奪取在台灣秘密製造的核彈，並且在今天凌晨零時引爆。』

『那……不就沒有多少時間了？』

呂益強聽了，立刻露出了一副自己的理性遭到挑戰的錯愕表情。

『台灣有核彈嗎？』他又問。

至於蘇定峰倒是一派氣定神閒。

『呂益強，你沒聽錯。』我繼續說明，『根據國安局調查員、國防部官員的說法，台灣確實製造過核彈，而且總共有兩個計畫。但是，非常可惜，一個計畫被美國人阻止了，另一個則因為技術無法突破，最後胎死腹中。』

『既然台灣沒有製造出核彈，那麼恐怖分子要如何引爆？』

『這就是這個案件最有趣的地方。』我略微調整耳機左側的麥克風，讓自己的聲音聽起來更清晰。『故事是這樣開始的——末世基金會的教祖丁光業，周遊列國之後，為了他的宗教理念而回到台灣。不知何故，原本積極行善的作為，竟演變成恐怖行動。

『至於，為什麼會選擇核彈來做為恐怖攻擊的手段，可能與他的出生背景有關。由於一些因緣際會，他得知了台灣秘密製造核彈的計畫，於是，他找了偽裝來台求學的中東人，準備奪取蘭嶼核廢料庫的鈽金屬。』

『安太爾．馬哈達什？』

『沒錯。另一方面，丁光業也篤信前世今生理論，於是他綁架了一個小朋友，認定他的前世就是曾經監視台灣核彈計畫的ＦＢＩ探員，要從他口中套出更深入的核彈機密。』

『也就是你進入此案的原因。』

『是的。最後，為了將核廢料改造成能夠使用的核彈，丁光業甚至打算找蘇博士協助，但蘇博士拒絕了。』

『原來如此。』

『可是，蘇博士卻告訴我——製造核彈需要龐大的資金、尖端的技術，絕對不是三兩下就可以做出一顆核彈的。既然他沒有答應丁光業，那麼核彈自然也不可能被製造出來。』

『嗯。』

『不過，為何恐怖分子仍然不間斷地進行恐怖攻擊，彷彿手上確實有核彈準備引爆呢？』我稍微停頓一下，『無論是核廢料失竊案、綁架案、爆炸案，全都是丁光業欺騙國安局，以及警方的把戲。』

『這是什麼意思？』

『國安局的沈兆茂，一開始注意到末世基金會，是因為今年二月，有一名羅馬尼亞籍的軍火商曾經來到台灣。這個軍火商以走私各種軍火著稱，所以他的出現絕不會有什麼好事。只不過，由於他來去匆匆，沈兆茂並未掌握到他的來意。

『然而，丁光業卻立刻有所警覺。他決定使用剛才我所說的那幾項把戲，設法不斷地誤導沈兆茂，讓沈兆茂以為末世基金會想要自製核彈。

『換句話說，只要讓沈兆茂一直往自製核彈的方向追查，丁光業就可以有餘裕跟軍火商繼續接洽，弄到他所需要的核彈。其實，無論丁光業多麼神通廣大，他也不可能做出核彈，他唯一的選擇就是用買的。』

『真的可以買到核彈？』呂益強的模樣更是不可置信。

『當然有機會買到。』蘇定峰接口替我補充，『在冷戰時代，美蘇兩國進行了數十年的軍備競賽，製造了數萬枚核彈，足以將整個地球夷為平地好幾十次。

『結果，當蘇聯解體之後，許多管理鬆散的軍事基地，也變成了軍火商賺取暴利的來源。大量的核彈一批一批從蘇俄流出，甚至到現在都下落不明。』

『所以，丁光業一開始就是鎖定沈兆茂？』

『對。丁光業利用我，把沈兆茂引出來予以殺害。後來，我的行動過於積極，變得有可能破壞這項行動，所以他就補上另一個計畫，要將我炸死在汐止工業園區的廠房裡。實際上，廠房裡還放置許多安置核彈的機器，他本來就打算摧毀。』

『我認為那是丁光業要求他們集體自殺，或者是那些自殺者自願讓丁光業來動手。我只是陪葬品吧。』

『廠房裡那十七名男女呢？』

『對。』

『你是說李英齊、補習班的人……也全部都是丁光業計畫裡的陪葬品？』

呂益強的臉色遽然鐵青。

『我不會原諒丁光業！』

我第一次聽見呂益強以這麼冷酷的語氣說話。

『呂益強，請你聽我說好嗎？』

很快地，呂益強又恢復了他一貫不表露絲毫情緒的態度。『怎麼？』

『事實上，丁光業已經死了。』

『什麼？』

『我不知道丁光業是什麼時候死的。也許是好幾個月以前的事了。也就是說，有人代替他繼續執行了這項計畫，或者——這根本就不是丁光業的意思，而是這個人假借丁光業的名義，讓末世基金會走向恐怖組織之路。』

『所以，這個人才是真兇？』呂益強目光凌厲，『他到底是誰？』

蘇定峰也以探詢的目光看著我。

『我們很快就能知道。』

透過直升機的窗口，已經能夠看見木柵線連接忠孝復興站的高架軌道，已經近在眼前。

『呂益強，我帶著那些東西上直升機，並非毫無用處。』我凝視著他的雙眼，『你必須讓我單獨跟兇手會面。』

『到最後，你還是不肯交給警方處理？』

『對方的手上，握著核彈的控制器。我曾經跟對方交談過，而且也不是警察，一定可以設法拖延一點時間。』

在晃動不已的機艙內，呂益強沉思的表情倒是十分鎮定。

『張鈞見，這就是你到最後一刻才告訴我有核彈這件事的原因嗎？』

我自顧自地先穿上沉重的防彈背心，然後外頭又加上消防大衣。

『我說過啦，因為這是國家等級的機密。你太早知道的話，馬上會被高層踢開，不是嗎？』

『你該不會是想一個人逞英雄吧？』

『我才沒有！』

在蘇定峰意味深長的注視下，呂益強終於將艙內吊繩的安全扣環，緩緩地遞給我。

句點

A Full Stop

1

十月的午夜夜空，仍然是溫暖，甚至帶著些微燥熱的。

台北市鬧區的此時此刻，雖然少了百貨公司的人潮，但卻多了晝伏夜出的夜店族，為黑暗中的狂歡氣味而徘徊、逡巡著，猶如中古世紀的巫魔會。

直昇機放下纜繩，將我從高空中垂掛降下之際，我可以感覺到自己正受到這些人的注視。市民大道與復興南路交口上，駐足著許多對我指點、猜測的紅男綠女。

微風廣場的頂樓成為舞台；盤旋不去的直升機，則成為舞台的華麗噱頭。

而我呢，當然就是主持人啦。

——今天，要訪問的不是偶像團體，而是恐怖分子。不過，屆時也許一樣會出現哭得淅瀝嘩啦的感人場面喔！

不過，這次的節目並不是由主持人開場。

特別來賓已經把場地都佈置好了。

我知道，除了馬路上抬頭注視著我的行人視線以外——極為可能，天台也有槍械的準星在正對著我。

時間已經愈來愈接近零時了，兇手一定早就準備就緒。

儘管我認為在這種時刻，對方是沒有必要攻擊直升機的，但是為了保險起見，直昇機與天台之間仍然保持相當遠的安全距離。

隨著直升機所垂降下來的吊繩漸漸拉長，我與直昇機之間的距離，也漸漸拉出恐怕有將近十層樓的高度。

這真是奇妙的體驗——我的性命由一條根據物理定律製成的吊繩所維繫，而這條吊繩則是綁在一架仰賴物理定律、飛在空中的機器上。

高空中的氣流比想像中的要強烈，拉長的吊繩不停地左搖右擺。

我盡量不往下看，全部交給直升機的駕駛員傷腦筋。

直升機要維持自身的穩定性，同時必須根據氣流方向的變化，讓掛在吊繩上的我，慢慢對準微風廣場的天台。

這一定不是一件容易的事情。我感覺吊在繩索上的時間非常漫長。

在我發現自己的身體逐漸往天台的地面上接近，準備要踏上結實的水泥平面時，吊繩突然又遠離了天台……就是這種像鐘擺一樣的感覺。

『對不起，我再試一次！』

我的耳邊裝了附有麥克風的無線耳機，傳來駕駛員的道歉。

『沒關係、沒關係。』

這只無線耳機是用來跟直升機聯繫訊息的。當然，從我口中所說出的推理過程，也會藉由麥克風送給機艙內的呂益強。

終於降落在頂樓天台時，我感覺到全身一陣虛浮無力。

吊著繩索也是非常耗力的事，因為必須一直維持身體的平衡。更何況，這半天的時間我毫無進食。

縱使虛浮無力，我也得立刻解開身上連接著吊繩的安全扣環。

否則，我就會很快地被直升機拉回半空中。

吊繩一被我解開之後，馬上就擺盪離去，宛如馬戲團空中飛人特技使用的高空鞦韆。

『沒問題了吧？』

『嗯。』我輕聲回答，『可以開始了！』

然而，當我踩穩腳步準備站起來時，我聽到了背後兇狠的叱喝聲。

『不准動！』

這個聲音我記得。於是，我只得保持原來的半跪姿，舉起什麼都沒有的雙手。

『真不敢相信……』另一個聲音說。

這兩人繞著天台的邊牆，慢慢地走到我的面前。他們兩人都跟我見過面，只是，其中一人站在月光的陰影下，連身形都模模糊糊的，彷彿是刻意不願意靠近我。

另一位手上握著一把衝鋒槍的，是剛剛叫我不准動的人——也就是『男低音』。

『我想，你一定就是傅津驊吧？』

『哼！』傅津驊魁梧剽悍的身材，依然給人一種咄咄逼人的強硬態勢。『張鈞見，你到底是怎麼逃出廠房的？』

『剛好我也有問題想要請教呢。』

『什麼？』

『定時炸彈的倒數計時，你是怎麼設定的？』我盡量讓聲音保持平穩，『在發現時間只剩五分鐘時，我已經在廠房調查了很久的時間。你難道不認為我會在炸彈引爆之前就離開廠房嗎？』

『我在地下一樓的入口，設定了紅外線感應器。』傅津驊一談起炸彈，表情倒是得意起來，『只要你一進入地下一樓，計時器就會從五分鐘開始倒數。』

『那麼，假使我沒有進入地下一樓呢？』

『不可能的。』

『為什麼？』

『因為，你是一個偵探。』傅津驊說：『好奇心殺死貓。』

『嘿！真是聰明。』

我發現，無論是香榭國城與購物中心的雙重炸彈，或是廠房裡的紅外線啟動裝置，都顯示了傅津驊在炸彈設計方面擁有與眾不同的才華，特別是對於心理層面的掌握力。

『如果我先往地下一樓走，』我又問，『那麼，就沒有機會看到二樓現場，是嗎？』

『那也是不可能的。』

『怎麼說？』

『廠房的槍聲傳自二樓——也就是說，在你沒有先確認二樓非常安全以前，你應該沒有心思去管其他地方。而且那時候，廠房的出入口已經全都封鎖了。』

『所以，最理想的方式應該是……根本就不要進入廠房，對吧？』我自問自答，『不過，那是不可能的。因為我是偵探。』

『好了，廢話少說。快告訴我，你是怎麼逃出來的？』

看來，傅津驊很關心自己裝設的機關呢。

『我拆了一些的C４跟引爆雷管，然後利用貨車的電瓶來炸開鐵捲門。』

傅津驊的表情似乎僵住了。

『這個方法是你自己想出來的？』

『是李英齊教我的啊。』

『李英齊？』傅津驊感到大惑不解，『那個自告奮勇的替死鬼？他不是已經死了嗎？』

『就算他死了，還是能夠教我。』

『……你可以用這種方法逃出來，算你行。』傅津驊補充，『跟我的解法一樣。』

說話繞了半天，傅津驊還是想要自誇嘛。

『寫出標準答案才能得分嗎？』

『我可以設計出不給人時間破解的炸彈，但是，這沒什麼了不起的。』

『是嗎？』

『設計一個炸彈需要花很多時間。所以，假使完全不給對手時間，那是勝之不武。』

看來，在傅津驊殺人如麻的行為背後，也存在著如此天真單純的做事原則。

我回想起那個死於汐止廠房的『女打仔』。她的武打身手不凡，說話的方式卻完全是涉世未深。擁有傑出技術的這些人，心靈卻被徹底操控了。

『張鈞見，我還有一個問題。』

『說吧。』

我感覺到天台的空氣慢慢地變冷了，在我的眼前，也出現了薄雲般的霧氣。

霧氣所帶來的透明感，讓這座舞台顯得更虛無縹緲了。

然而，由於身上穿著防彈背心，並以厚重的消防大衣做為掩飾，我的脖頸依然滲著汗滴。只不過面對傅津驊手上的衝鋒槍，我不知道防彈背心有多少用處。

『你怎麼會知道，要到這裡來找我們？』

『這是一個好問題。』

『快說！』

傅津驊可以好整以暇地設置炸彈，但與人交談時卻沒什麼耐性。

『設置炸彈的人，事先一定會到準備引爆的現場。』

『哼！只因為你曾經看過我在這裡？』

『當時出現在這裡的人，不是只有你，還有另一個女孩子。』我盯著衝鋒槍的槍口，『那個很會打架的女孩子帶著槍，而你卻帶著一只手提包。但是，那個手提包看起來很沉重，並不像是到這裡來打包東西的。

『你的體格很不錯，應該也很會打架，但是卻配了一個女孩子當你的哨兵，比你先到這裡來確認環境。我想，你到這裡一定有別的事情要忙，所以需要這裡女孩來保護你。』

『所以，你就直覺地猜測我是來裝炸彈的？』

『那應該不是炸彈。』我回答，『那是核彈吧。』

『你說得沒錯。不過，我看你全是用猜的。』

『我聽蘇定峰說，台北市中心沒有一個地方能將核彈的威力完全發揮，因為，連一〇一大樓都不夠高，更何況那裡的高樓層管制重重。你們不可能在那邊設置核彈。

『所以，你們必須使用空投的方式。在微風廣場才做得到，因為這裡有整修區，以及廣告熱氣球，屬於你們的控制範圍。只要解開熱氣球的繩索，就可以將核彈帶到更高的空中。

『不過，讓我推斷出你們是使用熱氣球，最關鍵的一點，還是在於你的表情啊。』

『什麼意思？』

『為了躲過那個女孩子的持槍要脅，我決定拉著熱氣球的繩索，跳躍到捷運的高架軌道上。當時，我發現你的表情非常震驚，還扭曲得特別厲害。』

『那又怎麼樣？』

『你不是對我的行為感到意外，而是怕熱氣球被我拉壞吧？核彈一旦無法升空，對計畫傷害的嚴重性可想而知。畢竟，這麼大的熱氣球，可不是隨時都能替換的東西喔。』

傅津驊的嘴唇微微顫抖著。不知道是因為寒冷，還是因為氣憤。

我想，他的腦袋裡應該是在重新計算我的智商吧。

『好了。傅津驊，』我說：『可以讓我與你的尊師說話了嗎？』

『張鈞見，』站在傅津驊身後的那人，終於開口了：『你竟然能夠找到這裡來，我真的非常意外。』

對方的語氣，透露出一種彷彿自以為神聖得不可侵犯的傲岸。

尊師之所以是尊師，也許都是因為能夠裝出這種說話的模樣吧。

不過，我還是有點不習慣。

我原本以為，這種雙重性格的人，此刻不應該在我眼前出現的。

『顏映蓉，我的行為依然會造成妳的苦惱嗎？』

她的手上握著一支遙控器。我想，那是核彈的啟動裝置。

『張鈞見，自始至終，為什麼你都無法瞭解我的苦心？』

『妳所謂的苦心也包括妳使用別人的名字，來欺騙石守賢父子嗎？』我說，『方嘉荷。』

2

方嘉荷——不，她真實的姓名仍然還是顏映蓉——此時已經換上素白色的長袍了，跟汐止工業園區廠房裡的那些屍體是一樣的打扮。

白色的袍擺隨風搖曳，稍稍凸顯了她隱藏其下的身體曲線。

『你是從什麼時候開始，知道我就是方嘉荷？』

『剛剛坐直升機的時候。』我回答她，『警方告訴我，末世基金會的會員資料裡，沒有方嘉荷的名字。只有她幾次出席心靈講座的紀錄——也就是說，她跟基金會根本不熟。那麼，她怎麼可能參與恐怖分子的計畫呢？』

『然後呢？』

『那棟大樓的四樓裡，有兩家補習班。』

『那又怎樣？』

『一年前，妳先在心靈講座裡認識了真正的方嘉荷，並得知她在補習班當導師。我認為妳是看中她的年齡、外形跟妳相似。於是，妳便在同一層樓租了另一個辦公室，也開了補習班，使用了她的名字。』

『補習班可以說開就開嗎？』

『我想，這比購買核彈容易太多了。末世基金會的信徒，提供給妳源源不絕的龐大資金，讓妳想做什麼就做什麼。

『石克直就是妳從招來的學生中挑選出來的——他是單親家庭的小孩、缺乏自信、有一個沒有時間陪他的父親……很符合妳的需求。我認為，是妳利用了他渴望父愛的心理，說服他加入妳的計畫。『你們不僅自導自演一齣綁架戲碼，索取不痛不癢的五百萬贖款；此外，妳也要求石克直偽裝FBI探員的前世靈魂，把沈兆茂的名字扯出來。更重要的是，這個補習班最後會被炸掉，助妳金蟬脫殼。

『在大樓爆炸案後，警方必定會查出裡頭有一家補習班的班導師叫做方嘉荷，身分貨真價實、童叟無欺，的確是爆炸案中可憐的罹難者之一——但是，那卻不是妳。警方要搞清楚這個詭計，恐怕得費一番工夫，這可以保證直到午夜零時以前，妳可以恢復本來的身分自由行動，把恐怖計畫其餘的部分做完。』

『我沒想到你能這麼早發現……』

『警方告訴我，爆炸中心是位於才開了半年多的新補習班，因為先前遭竊賊入侵破壞，正在重新整修，目前暫停營業。而，方嘉荷的屍體則是在補習班的辦公室——當然，這指的是另一家仍然在營業的補習班。所以，當發生爆炸案後，打電話給我的綁匪才會說，方嘉荷連同她正在上班的同事們全都被炸死了。

『這句話根本就是一個心理誤導的詭計——很容易讓人以為方嘉荷任職於那家開了很久的補習班。然而，仔細一想就會發現，如果方嘉荷確實將炸彈的消息告訴她的同事，她的同事無論如何都不可能會若無其事地繼續辦公的。

『換句話說，被炸死的方嘉荷，並不知道炸彈的消息。亦即，我所認識的方嘉荷，並不是真實的方嘉荷——接下來，就可以推論得知，那家新補習班的內部整修其實也是個幌子，而妳剛好就在這個幌子裡找到偽裝的空間。

『石守賢忙碌到想關心兒子也做不到。我猜，他說不定到現在還搞不清楚自己的兒子究竟在哪一家補習班補習。』

『你說得沒錯。』

顏映蓉倒是回答得很乾脆，一點也沒有詭計被人識破的沮喪。我想，這是因為她手上拿著核彈遙控器的緣故。

『張鈞見，當我以方嘉荷的身分跟你說話時，雖然感覺你這個人滿有趣的，但卻沒想到，你居然從一開始就懷疑我了，而且僅僅是因為綁匪沒有稱呼我的名字。』

『對偵探來說，這是基本功夫。』

『當時，是我第一次後悔讓守賢把你找來。你比我想像得要更聰明。不過，後來克直趁你不在KTV時，偷偷告訴我一件事，曾經讓我一度以為把你找來也挺不錯的。』

『哪件事？』

『克直的行蹤會提早曝光，是因為那個百貨公司警衛。』顏映蓉微笑，『他太多管閒事，曾經到天台巡邏。克直是為了躲他才逃離天台，但結果還是在倉庫被找到了。不得已，他只好立刻假裝昏倒。

『後來，「狼牙」林文城在書店裡開槍，那個警衛又跑來攪局，要把我們交給警方。若非你的機智，後面的計畫一定會全部泡湯了。』

『對了，提到林文城……他現在人在哪裡？』

『他領了錢，回家睡覺了。他只是來打打工，並不知道核彈的事。』

『他如果知道，應該會先斃了你們。』

『沒錯。』顏映蓉肩膀雖然略微放鬆了，手上的控制器依舊握得緊緊的。『不過，張鈞見。雖然我露出了破綻，但我以為克直的模樣可以騙過你的。』

『妳是說，他看起來像是被虐待過？』

『那是克直的主意。他本來就瘦，所以稍微一兩餐沒吃，模樣就會變得很糟。』

『因為，我沒有在他的手臂上看到針孔。』

『偽裝的殘酷，做得不夠多？』

『妳終究沒辦法……真的對他使用ＬＳＤ吧。』

『小孩的劑量比較不容易拿捏。他如果用藥過量致死，對我們毫無好處。張鈞見，』顏映蓉讚許地點點頭，『我以為，從綁架案到大樓爆炸案這一段，我應該是佔盡上風。』

『妳確實佔盡上風。妳殺了我的朋友。』

『我也不願意。沒有人知道李英齊會半途加入，而我也無法將計畫停止。』

顏映蓉的表情有點複雜，彷彿真的對此事感到遺憾至極。

『妳既然佔盡上風，為何又打匿名電話給我？』

『我想要讓你認為，在這個案件裡有人跟你站在同一陣線。』

『這樣我才會更拚命嗎？』

『是啊。』

『妳這位尊師，也不是浪得虛名呢。』

顏映蓉笑而不語。

『所以說，把我騙進廠房，讓我死，就是妳的最終目的嗎？』

『一開始並不是馬上就決定這樣。』顏映蓉說，『最初的目的很單純，只是要催你約出沈兆茂。』

『因為她手上的檔案，有你們的名字？』

『不是。那種東西，她的同事手上也有。』

『不然呢？』

『她見過我。』

『跟羅馬尼亞的軍火商交易的時候？』

『對，差一點我就完了。』

『但是，她並沒有懷疑到軍火商，而是把焦點放在蘭嶼的核廢料失竊案。』

『那是我後來設計的。這樣才能轉移她的注意力。』顏映蓉的語氣似乎相當慨嘆，『或許你不知道——她優雅的言行舉止，其實是為了掩飾她緊咬不放的纏功。她的記憶力也一直很好。跟她周旋真的非常辛苦。』

我想我能理解。

經過了二十年，沈兆茂依然決定重啟塵封已久的ＳＹＲ。

她可以在子彈穿過左肺時，堅毅地把證件交給我，並要我去見魏楨平。

『更重要的是——在我小時候，詹森叔叔帶我回美國時，她曾經到機場來送行。』

『這麼久的事情……』

『不，她一定會想起來的！』

看來，顏映蓉非常害怕沈兆茂。

也許在詹森離開台灣之前，他們之間也發生過什麼事。

詹森既是沈兆茂的丈夫，也是顏治穆的好友。

詹森遵從ＦＢＩ的命令，離開沈兆茂回了美國；他還收留顏治穆的妻女。

想必，顏映蓉認定沈兆茂對她們母女懷恨在心——縱使，這只是一種被害妄想。

『我必須利用詹森的名義，才能將她引出來。』顏映蓉繼續說：『她唯一的弱點，就是她跟詹森一直彼此相愛。可是，一旦出現詹森的名字……沈兆茂一定很快就會發現我的存在……只要她一出現，我就得殺了她。我不得不尋求職業殺手的協助，即便我很不喜歡「狼牙」。』

『我也是。』

『你知道沈兆茂為什麼待在「塞納左岸」咖啡屋嗎？』

『我不知道。』

『因為，今天晚上，我跟那個軍火商就約在那裡。核彈雖然已經在幾天前取得，能夠部署在微風廣場的熱氣球上，但我必須再支付他購買核彈的餘款，他才願意告訴我啟動核爆的密碼，也就是這個。』顏映蓉搖了搖手上的控制器，『然而，交易的地點被沈兆茂查出來了，她在「塞納左岸」已經釘梢了好幾天。』

『預告信的日期之所以寫著明天，也是妳的誤導？』

『這卻騙不了她。』

『為了取得密碼，妳必須等到今天午夜才能引爆核彈。』

『對。』

『我以為，妳有什麼宗教上的理由，一定得在此時此刻引爆。』

『我雖然身為尊師，但並沒有那麼感性。不僅如此，為了避免核彈的下落曝光，我也必須消滅那些保存核彈的機器，所以，廠房本來就預計引爆。不過，我漸漸發現，你掌握到的線索超過我的預期。你愈來愈危險……甚至還查到我的本名。』

『妳談到妳父親的時候，真的掉了眼淚？』

『這個部分，我不需要作假。』顏映蓉回答，『關於我父親、關於詹森、關於我在中東的一切，全都是真的……否則你以為，為什麼我會變成這樣？』

顏映蓉的眼神，出現了一種熟悉的感覺。

那是我第一次見到她，所感覺到的一種慈眉善目。

運送贖款的途中，我曾經問過她——在她的身邊有沒有這麼一個人，有表演天分、能夠任意改變說話語氣，讓她聽不出來的？那很可能就是這樁綁架案的主謀。

事實上，那個人就是她自己。

——可是，為什麼她會變成現在這樣？

天台上的氣溫愈來愈低，我已經冷得連發聲都必須刻意用力。我在想，顏映蓉與傅津驊的感覺一定也跟我差不多。只不過在雙方對峙的局勢下，大家都必須硬撐。

『在廠房裡的那些屍體是怎麼回事？』

「那是一種牽制。』

『我不懂。』我喉頭一陣苦澀，『那場屠殺毫無意義。』

『可以浪費你的時間。』

『為了浪費我的時間，妳殺了他們全部？包括那個說話意氣風發的「發言人」？其中一個女孩的衣著，看起來就像一位領袖——妳還想再玩一次金蟬脫殼？』
『她是自願的。』顏映蓉補充，『事實上，大家全是自願的。』
『妳說的自願，是在沒有LSD的情況下嗎？』
『無論有沒有LSD，大家的信仰都非常虔誠。』
『那是什麼鬼信仰？』
我聽見子彈上膛的聲音。
『張鈞見，』沉默已久的傅津驊，以非常不耐的口氣訓斥，『你說話小心點！』
不過，顏映蓉似乎對我的用字遣詞不以為意。
『對你來說，或許那只是個鬼信仰。』她的慈眉善目再度浮現，『縱使世人對我們無法瞭解，我也願意寬容、無怨無悔。』
『製造綁架案、爆炸案、設置核彈……這就是妳的寬容？』
『張鈞見，反正我們馬上都會死。』
我知道，我終究會把她這句話逼出來的。

3

傅津驊的槍口彷彿距離我更接近了。我知道這是腦袋會被打穿的最佳距離。
『張鈞見——尼采有一句話，你聽過嗎？』

『我平常只看《亞森羅蘋探案》。』

『對人來說，最幸運的事就是沒有出生。』顏映蓉沒有理會我的回答，兀自繼續說：『第二幸運的事，就是趁早死去。』

『很抱歉，這跟我的想法不同。』

『你的想法是什麼？』

『對我來說，最幸運的事就是出生；第二幸運的事，就是到現在一直都沒有死。另外，我還有第三幸運的事……』

『說說看。』

『當個偵探，偶爾來個英雄救美。』

『如果你身在中東，你一定會同意尼采的話。』

『我不會的。』

『不過，先代尊師的想法倒是跟你比較類似。所以他才會花那麼多力氣，到世界各地跋山涉水、認識人群。我想，他第三幸運的事，大概就是能夠尋求真理吧！只不過，他現在已經失去了你的第二個幸運。』

『那具透明棺材裡的老人，確實就是丁光業？』

『對。』

『他是怎麼死的？』

『他發現了我們的計畫。』顏映蓉的臉色雖然變得蒼白，語氣卻依然平靜。

先前雖然已經猜到末世基金會的內部，分裂為鴿派與鷹派，但現在才終於知道這兩派的領袖就是前後代的尊師——丁光業一直是鴿派，而鷹派就是顏映蓉自己。

『這座島嶼已經沒救了。完全腐朽了。我跟著先代尊師盡了許多努力，才終於回到這裡來，卻發現這個事實。創辦末世基金會，只能說是先代尊師的「知其不可為而為之」。

『一開始，先代尊師想要協助社會邊緣人，讓他們重新回歸正常的社會生活。將自己的理念傳遞出去，讓這項理念生生不息，是他當時所認知「意識上的長生不死」的方法。

『結果，充滿理想的他卻變得天天煩惱——因為，這裡根本就是一個被世界邊緣化的社會。在這座島嶼上，每個人只重視自己的情緒，對世界的變遷一無所知！先代尊師希望他們能夠在接受扶助以後，學會自立自強，結果呢？那些人根本就不願意自立自強！

『成天嚷著「自己不適合這個現實世界」，只想仰賴先代尊師，這根本就是貪圖輕鬆、不負責任的態度。聽了那麼多道，最後仍然原地踏步。

『自從先代尊師回到台灣之後，健康狀況愈來愈糟。』說到這裡，顏映蓉雙眼噙著淚水：『我能夠為他做些什麼？不能，什麼都不能！先代尊師一個人背負了沉重的壓力，卻一點都不願意讓我們為他擔心。』

『於是，妳採取了玉石俱焚的激烈手段？』

『這是玉石俱焚嗎？不，我一點都不這麼覺得。我努力地研讀先代尊師的教義，才終於頓悟這個連先代尊師都沒有參透的真理。』

『什麼真理？』

『為了尋得真道，長生不死是唯一的方向。但，軀殼永遠會老化，所以，想要長生不老就必須利用輪迴。』

『我讀過《末世原道》，我知道那是你們的前世今生理論。』

『先代尊師不斷地思考潛意識的機制，想找到一個出口。但他終究失敗了。但是，我卻成功了！』顏映蓉雙眼圓睜，露齒而笑。

『是嗎？』凝視著她的臉，我感到一陣膽寒。

『答案，就是核彈。你知道鈽的半衰期有多長嗎？兩萬四千年！對一般人來說，核武只會引來戰爭，而核廢料則是人人避之唯恐不及的萬年垃圾……然而，我卻不這麼想！只要人類的意識與鈽能夠合而為一，就擁有了幾乎等於永恆的存在。』

『妳瘋了！』

情緒激昂的顏映蓉，卻沒有停止自言自語。

『這是蟹足腫給我的啟發。人類的軀體一方面會漸漸老化，另一方面卻又會呆板、固執地自我修復。然而，核爆後的倖存，帶來的是一輩子的痛苦，正如同蟹足腫的醜惡。

『知道嗎？所以我們要拋棄軀殼。只有徹底超越肉體的束縛，達到全面的氣化，生命才能昇華。人類爭權奪利而發明的終極武器，其實就是道的真諦啊！

『我是為了大家著想。否則，我不需要那麼辛苦地籌措那麼多計畫，只為了讓核彈在這裡爆炸。這座島嶼可以因為我的核彈得到救贖與解脫，這比行屍走肉地活在世界上更有價值。這些人根本就不知道自己為何而活，我可以賦予他們生命真正的意義。』

——這就是所謂的『善之殺意』？

『為了對方著想，所以決定剝奪他活下去的權利？妳又有什麼權利這麼做？』

『我從先代尊師繼承了權柄，這樣還不夠嗎？』

『可是妳殺了他！』

『我也是不得已的……』顏映蓉的兩頰留下眼淚，『他是那麼堅定地要求得真道。如今，事實就擺在眼前，他的委曲求全並非真道。所以他不能阻止我。』

『為什麼妳的鬼信仰要害死這麼多人？』

我無法形容內心矛盾複雜的感受。

——懷抱著慈悲之心、手段殘酷地殺人？

『現代人，已經失去了信仰。願意為了信仰而死，這樣的人已經不存在了！我們這些人，將會是這座島嶼上……最後一群願意為信仰而死的人！』

我的腦海中，倏地浮現沈兆茂、詹森、魏楨平的身影。

他們身處在一個信仰至上的時代。

願意為了信仰而死，背後究竟是何等力量在驅策？

執意引爆核彈的顏映蓉，與戮力守護『修羅火』的官員似乎沒有太大差別。

『我只是一個小偵探。』周遭酷寒的空氣，已經逼得我幾乎沒有說話的氣力，『沒有辦法理解妳在說什麼信仰不信仰的。我只知道，大家都能按照自己的方式生活、尋找屬於自己的快樂，就這麼簡單……』

『張鈞見，事情木已成舟，你沒有必要再說了。』

『是這樣嗎？』

『既然你能夠逃過廠房的爆炸，這表示你有資格見證昇華氣化的最後一刻……』

然而，就在此時，我們的頭頂上卻出現了物體崩斷的聲響！

原本飄浮在高空中的廣告熱氣球，突然跳離了繩索的末端，宛如一顆巨大的岩石般向下滾動墜落。熱氣球掠過了我們的上空，筆直地先是掉落在捷運的高架軌道上，然後再滾離軌道，墜落在復興南路上。

熱氣球愈滾愈遠，沿途不停碰撞著停靠在路邊的車輛，引發了竊盜警報器的刺耳聲響。

至於拉扯著熱氣球的繩索，卻像是遭到時間暫停一樣，傾斜不動地立在空中。

顏映蓉與傅津驊訝異得全身發抖，無法置信地瞪視著地面上遙遠、變形的熱氣球。

『張鈞見，你……到底做了什麼？』

然而，他們的身體卻也僵硬得動彈不得。

原本一直盤旋在高空的直升機，此時終於漸飛漸低，愈來愈接近天台。

同一時間，天台也出現十數名荷槍實彈的警員，將我們三人包圍。

傅津驊想要立刻舉槍與警員抗衡，但他已經全身不聽使喚了。

很快地，呂益強好整以暇地從直升機垂掛著吊繩降下，抵達天台的地面上。他立即解開了身上的安全扣環，取出準備多時的刑警證。

『我是台北市警局的刑警，呂益強。』與仍然半跪著的我相比，他登場的姿勢真是帥多了。『顏映蓉、傅津驊，關於「香榭國城」大樓、汐止工業園區廠房的兩起爆炸案、石克直綁架案、國安局調查員沈兆茂的槍擊案，以及微風廣場的核彈引爆未遂案，你們均涉有重嫌，現在警方依法將你們逮捕。』

語畢，有兩位警員將顏映蓉與傅津驊銬上手銬，也沒收了顏映蓉的控制器及傅津驊的槍。

同時間幾名警員搬來了擔架，攙扶著我們三人躺到擔架上。

跪了有夠久。

『張鈞見，為什麼熱氣球會……』顏映蓉側著頭，顫抖地凝視著我。

『因為液態氮的關係。』我已經冷得全身麻痺了，『從我一到達天台以後，直升機就開始對熱氣球噴灑液態氮。不僅熱氣球本身，繩索、控制器、還有槍也全都凍僵了。熱氣球滾那麼遠，控制器也發揮不了作用了吧？』

原本警員已經要將我們搬下天台了，但呂益強見我還在跟顏映蓉說話，便示意警員先將傅津驊送走，只在我們身上蓋上厚毯。

『為什麼會有液態氮？』

『中研院的蘇定峰博士提供的。他的物理館裡多得是。』

『將他扯進來，其實我對他感到非常抱歉。』

『別這麼說，他對妳的詭計也很有興趣。』

『是嗎？』顏映蓉慘然苦笑，又說：『熱氣球就這樣滾到馬路上，一定會砸傷很多人吧？』

『不用擔心。警方已經疏散了所有的行人。』

『你穿了那麼可笑的消防衣，就是為了禦寒？』

『嗯。但是，液態氮實在是比我想像中冷太多了。我們都會凍傷……』

『為了阻止我，你竟然做了這些事？』

『坦白說，不像妳的計畫心思細膩，我的計畫都非常倉促，只能走一步算一步。』

『這樣做到底有什麼好處？』

『這樣做，最後可以讓我好好地吃頓晚飯。』我說：『但是，現在可能吃不到飯了，得在醫院吊點滴、打葡萄糖了。』

顏映蓉聽了，表情變得落寞至極。

『麻煩替我跟守賢說，』顏映蓉忽然哭泣出聲，彷彿在承受劇烈的心痛。『我沒有辦法陪他去那家不錯的餐廳了……』

『我會的。』

4

關於恐怖分子，有一句話好像是這麼說的。

——某群人認定的恐怖分子，也就是另一群人心中的自由鬥士。

『張鈞見。』

『唔。』

我勉強將沉重的眼皮撐開，眼前見到病房的白色天花板之下，出現了呂益強的臉孔。

這間病房的窗簾雖然拉上了，但窗外仍然透進了一些陽光。

已經天亮了。

呂益強的衣服沒有換過。

所以，我大概只昏睡了幾個鐘頭吧——而不是幾天幾夜。

我的名字是張鈞見——生日，一九七八年七月二十日，巨蟹座……目前是『廖氏徵信諮詢協商服務顧問中心』的偵探，老闆是廖叔……

『你還好吧？』

『我是不是只剩下一顆頭，其他地方都被截肢了？』

『沒那麼慘。』

我撇起兩邊嘴角對他笑一笑。

『先跟你說一個好消息，』呂益強的表情倒沒有特別雀躍，可能是一整夜沒有睡。『國安局調查員沈兆茂女士目前已經脫離險境了。』

『太好了。』

『不過，她的狀況還沒辦法接受警方偵訊。你的情況還稍微好一些。』

『啊？我也得接受偵訊嗎？』

『當然，對於許多犯罪事件的線索，你都沒有照實告訴警方。這算知情不報吧。』

『那……我會被起訴嗎？』

『暫時是不會。』

『哦？』

『只要你接下來願意好好跟警方合作，我們會有所斟酌的。』

——這句話的意思是，以後我都可以這樣做嗎？

『謝天謝地。現在我老闆出了國，要是知道我沒有規規矩矩地上班，那我就慘了。』

呂益強把房門輕輕關上，我想他是不想讓接下來的對話被偶然經過的人聽見。

『另外我想告訴你一件事。末世基金會曾說，他們在警方有眼線。你還記得吧？』

『嗯。』

『這不是恫嚇，他們沒騙人。』

『真的嗎？』

『警察也是人，也有自己的信仰。』呂益強坐在床緣旁的椅子上，『顏映蓉與傅津驊被逮捕的消息曝光之後，市警局有一名同仁在家裡自殺了。方式也是採用炸彈自爆。』

『像其他的爆炸案那樣？』

『不。他也是使用炸彈的高手，所以只炸死了他自己。』

呂益強原本嚴肅的表情，此刻看起來更是苦澀。

『該不會……』

『他隸屬於防爆小組。事實上，李英齊的拆彈技術，就是他教的。』

『他們是朋友？』

『對。那位同仁的外號叫「炸彈小子」，是小組裡最優秀的成員。不過，他的個性相當沉默，平常與局裡的同事沒有什麼私交，最關心的只有與炸彈有關的專業知識。

『但是，李英齊卻能從他口中挖出他的技術，還跟他成為朋友。這一點，小組裡的同仁都對李英齊非常佩服。想不到……』

我完全失去了說話的力氣。

『關於這件事情，我才剛偵訊過傅津驊。他說，他確實認識炸彈小子，連雙重炸彈也是兩個人一起設計的——這一類的技術，就像駭客一樣，必須相互鑽研才能突飛猛進。

『不過，因為炸彈小子本身是警察，身分比較敏感，所以不能直接參與恐怖行動，只能負責監控警方的動向。他雖然當天休假，但如果遇到緊急狀況，局裡還是會通知他。』

假使恐怖分子告訴我他們埋設了雙重炸彈之時，我立刻通報警方，炸彈小子一定會知道的。因為這就是防爆小組的職權範圍。

然而，李英齊卻意外捲入了這個事件。

李英齊的拆彈技術，是炸彈小子教的。而，他所面對的炸彈，也正是炸彈小子所設計的。

所以，李英齊在聽我描述炸彈的電路圖時，才能夠得心應手地抓到重點。

——一個令人哀傷的巧合。

『……他知道李英齊死於爆炸案嗎？』

『說不定，後來從電視新聞知道了。大樓爆炸案的死亡名單，警方在他自殺以前已經全數公佈了。不過，因為沒有遺書，所以……』

『這也是集體自殺行動的一部分吧。』

『顏映蓉引爆核彈，目的也只是為了集體自殺？』

『在汐止工業園區廠房裡的命案現場，只有我一個人親眼看見。射殺所使用的槍枝，威力非常驚人，所以每個死者倒下的姿勢都扭曲得很不自然。但是，他們的表情卻是安詳、快樂的。也許他們在死前，全都使用了ＬＳＤ。

『那時候，我就已經知道，末世基金會很可能散佈了厭世的教義。還有一件事值得注意。廠房裡的停車場停滿了貨車，更顯示顏映蓉離開廠房時，沒有使用任何交通工具。

『那間廠房距離附近的夜市不算遠，在那裡可以攔到計程車。沒錯，要引爆核彈，是可以搭乘計程車去。但是離開的時候呢？也能夠優閒地搭乘計程車離開嗎？

『不可能。核彈的威力非常驚人，如果真的想活命，一定得自己準備交通工具，在核彈爆炸前逃得愈遠愈好，盡快抵達安全的地方，才不會遭到波及。』

『你說的雖然有點道理，但或許他們是準備搭乘飛機離開台北。』

『沒錯，是有這個可能。不過，我會認為他們就是想集體自殺，更重要的原因在於，當顏映蓉取得核彈之後，她沒有提出任何要求。』

『任何要求？』

『她不要求鉅款、不要求政治人物下台、不要求釋放窮兇極惡的罪犯……這些目的，她大可以在大樓爆炸案以後就立刻宣佈。因為，大樓爆炸案本身就已經是一件令人震撼的恐怖攻擊行動了。沒有人會質疑她的決心，大家一定會專心聽她說的。

『但是她什麼宣示都沒有。也就是說，她引爆核彈，並不是為了任何訴求而進行威脅——事實上，引爆核彈的行動，本身就是目的。』

『張鈞見，所以你才會知道，當午夜零時愈來愈接近，顏映蓉就一定會出現在裝設核彈的引爆現場，是嗎？』

『對。那裡是最接近爆心的位置。她將會照她自己的預期，整個人瞬間氣化於無形。』

『真是令人難以想像……』呂益強無聲地嘆了一口氣。『不過，假使顏映蓉知道了核彈的狀況，她恐怕會大失所望。』

『怎麼說？』

『她可能碰上奸商了。根據蘇定峰教授的研判，末世基金會所買的核彈來自蘇聯，體型雖然輕巧，但年代卻有點久遠，說不定已經過了保存期限。』

『核彈也有保存期限？』

『蘇教授說，這跟鈽金屬的衰變有關，將導致核分裂的失效。』

『那我豈不是白跪了？』

『是啊。』

看來這顆費盡苦心才獲得的核彈，到最後竟然變得一無是處。

但是，我最關心倒不是顏映蓉。

『呂益強，石克直現在的情況怎麼樣？』我改變話題。

『我送他回家了。』呂益強回答，『末世基金會的會員名單上有他的名字。他把父親給他的補習費，全都繳給基金會了。

『他是個很聰明的小孩，只是缺乏自信。顏映蓉就是利用這一點，運用了丁光業的教義，邀他一起去探索真理。五百萬的贖金，其實是他替他的父親繳的會員費，讓他們一家人可以在成仙以後得到幸福。』

『真的是非常貴的會員費。』

『據說傅津驊也花光了他全部的退伍金，只為了升天。』

在多元化的社會裡，每個人的價值觀往往天差地遠。

『也許升天對他們來說，比金錢更重要啊。』

『也許。由於這個犯罪事件相當嚴重，未成年的他必須接受心理輔導。他似乎仍然認為顏映蓉的所作所為是正確的——事實上，並非只有他這麼認為。』

『怎麼說？』

『市警局外聚集了一批信眾，抗議警方任意栽贓，要求立刻釋放顏映蓉。顏映蓉在他們的心目中，是與他們一起追求真理的精神領袖，神聖不可侵犯。』

『這會讓郭乃義忙翻嗎？』

『沒錯。幸好石克直還不到那麼狂熱的地步。因為他要我跟你轉達一句話——對不起。』

『我收到了。』

『等你出院後，我會安排你跟他見個面。』

『謝謝。』

呂益強似乎已經把想說的話都說完了。他站起身來，向我微微點頭。

『你家的秘書正在外面等待，我請她進來？』

『好。』我問，『林小鏡也在嗎？』

『我沒看到她。』

當我正感覺到疑惑之際，如紋已經進了病房。

『嗨。』

『你真的去找死啊？』

如紋柳眉橫豎，模樣看起來像是要翻掉我的病床。

『別生氣嘛，我到最後還是活下來了啊。』我追問，『對了，林小鏡呢？』

『鈞見，你可能不會再見到她了……』

『為什麼？』

『午夜之前，她收到一則簡訊。』如紋沒有坐下來，身體倚靠在床尾的牆邊。『是從李英齊的手機傳來的。她高興得以為李英齊沒事。但是，那是恐怖分子傳來的。簡訊上說，是你引爆炸彈殺死了李英齊！』

『這……』我感覺到心底竄升起一陣冰涼。

『林小鏡看了簡訊以後，變得一點表情也沒有。』如紋咬著下唇，又說：『她沒有哭鬧，也聽不見我的解釋。我感覺到……她好像變成了另外一種人了……』

是顏映蓉做的。

她早就看出，我對林小鏡的感覺。

我沒有讓她得逞，所以她也絕不會讓我好過。

『林小鏡只說了一句話，然後一個人離開了KTV包廂。』

『什麼話？』

『她永遠不會原諒你。』

我還想說點什麼，但喉頭卻哽住了。

然而，蕭邦的〈離別曲〉居然在此時響起！

『如紋，幫我拿一下手機。』

如紋的眼神迅速恢復警戒，她從我掛在衣架上的外套裡找出手機，坐到床緣來將手機貼靠在我的耳邊，並替我接通。

『喂？』

『張鈞見。』

『你是林文城？』

『哼。你還記得我有東西留在你那裡嗎？』

『你的狙擊槍現在不在我的手上。』我回答，『你可以打一一〇，問問失物招領處。』
『很幽默。』林文城聲音完全感覺不到笑意，『這筆帳，有朝一日我會跟你算清楚的。』
『我們還有見面的機會嗎？』
『在你去見閻王之前，你會先見到我。』
『你也是。』
林文城沒有再說話，隨即掛斷了電話。
『又跟人結仇了？』如紋收起手機，問。
『並沒有「又」，好嗎？』
『廖叔在一個小時以後下飛機，我想他會問你客戶的事。』
『那客戶呢？』
『我跟他約十五分鐘後見面。就在這裡談。』
『還真急。』
『誰叫你要蹺班去幫朋友的忙？』如紋瞪了我一眼，『鈞見，你準備好了沒？』
『嗯。我是準備好了。』
『要不要我幫你叫一份早餐？』
『好哇。妳難得這麼溫柔。』
『如果在廖叔來這裡以前你沒有破案——我會揍得你把早餐全部吐出來還我。』
如紋的個性仍然沒有變啊。
『知道、知道。接下來，是安樂椅神探的時間。』

我讓腦袋淨空，暫且拋開石克直和林文城的事情。也包括林小鏡。

也許，我和林小鏡以後再也不會見面。

也許，我再也見不到她那與夢鈴相似的臉孔。

也許，這意味著夢鈴將在我的生命中永遠消失了。

一切這些在我腦海中發酵的『也許』，也許都得等我恢復元氣以後才能慢慢去感受。

在這此時此刻，即便只有十五分鐘、即便是躺在病床上，即便身旁還坐著一位不苟言笑、難以取悅的冰山美女——能夠感受一下安安靜靜的短暫時光，對一個才剛出生入死過的小偵探來說，也許已經是一種難得的幸福了。

既　晴　作　品

請把門鎖好

『皇冠大眾小說獎』百萬首獎作品！

一切要追溯到凌晨那通奇怪的報案電話：曾任職護士的戈太太捉到一隻巨鼠，並堅稱巨鼠是啃蝕屍體長大的！接案的年輕刑警吳劍向一到現場，就憑著冷靜推理和直覺判斷找到一間可疑的密室，此時自稱是『下一個受害者』的男子竟然找上他……

別進地下道

自從小學四年級，我獨自在『鬼谷』地下街的恐怖試膽經歷後，隧道或地下建築物對我有如揮之不去的夢魘，直到我在初戀情人夢鈴的要求下，才逼不得已陪她再次深入『鬼谷』。想不到，隔天地下街竟然就發生大火……

網路凶鄰

一個是受歡迎的網路作家，一個是愛上聊天室、扮演多重角色的寂寞業務員，一個是嗜玩網路遊戲的少女，她們之間沒有任何關聯，只是都熱中上網，卻巧合的一個接一個慘死於火焚！陳屍的房間裡都垂掛著一條白繩子，而且死前她們都收到一個主旨是〈情人節想對你說〉的電子郵件！……

超能殺人基因

第一個死者俯臥在樹林裡，頭顱血肉模糊，周圍潮濕的泥土上只有死者一人的腳印！第二個死者雙臂高舉，被綑綁在十公尺高的窗台上，但遍尋不到可攀爬到高處的長梯！這兩樁命案的唯一可能是：兇手有讓屍體飄浮的超能力……

國家圖書館出版品預行編目

修羅火/既晴 著.
--初版.--臺北市：皇冠文化. 2006〔民95〕
面；公分（皇冠叢書；第3590種）
（JOY；76）
ISBN 978-957-33-2269-6（平裝）

857.81 95017064

皇冠叢書第3590種
JOY76

修羅火

作　　者—既晴
發 行 人—平雲
出版發行—皇冠文化出版有限公司
台北市敦化北路120巷50號
電話◎02-2716-8888
郵撥帳號◎15261516號
香港星馬—皇冠出版社(香港)有限公司
總 代 理　香港灣仔告士打道88號19樓
電話◎2529-1778　傳真◎2527-0904
出版統籌—盧春旭
責任編輯—潘怡中
美術設計—王瓊瑤
行銷企劃—江孟穎
印　　務—林莉莉
校　　對—邱薇靜・陳秀雲・潘怡中
著作完成日期—2006年8月
初版一刷日期—2006年10月

法律顧問—王惠光律師

讀者服務傳真專線◎02-27150507
皇冠文化集團網址◎www.crown.com.tw
電腦編號◎406076
ISBN◎978-957-33-2269-6
Printed in Taiwan
本書定價◎新台幣220元/港幣54元